管弦 著

本草
二十四节气

BENCAO
ERSHISI JIEQI
GUAN XIAN

山西出版传媒集团　北岳文艺出版社

·太原·

图书在版编目(CIP)数据

本草二十四节气 / 管弦著. -- 太原：北岳文艺出版社, 2024. 10. -- ISBN 978-7-5378-6951-5

Ⅰ. I267

中国国家版本馆CIP数据核字第20243S0N06号

本草二十四节气
管弦 著

//

出 品 人
郭文礼

选题策划
韩玉峰

责任编辑
韩玉峰

书籍设计
张永文

插　图
于继宾

印装监制
郭　勇

出版发行：山西出版传媒集团·北岳文艺出版社
地址：山西省太原市并州南路57号
邮编：030012
电话：0351-5628696（发行部）　0351-5628688（总编室）
传真：0351-5628680
经销商：新华书店
印刷装订：山西人民印刷有限责任公司
开本：787mm×1092mm　1/16
字数：160千字　印张：13.25
版次：2024年10月第1版
印次：2024年10月山西第1次印刷
书号：ISBN 978-7-5378-6951-5
定价：58.00元

本书版权为本社独家所有，未经本社同意不得转载、摘编或复制

自　序

这是一部与二十四节气相关的本草记。

二十四节气，概括了四季交替和大自然物候变化的规律。立春、雨水、惊蛰、春分、清明、谷雨、立夏、小满、芒种、夏至、小暑、大暑、立秋、处暑、白露、秋分、寒露、霜降、立冬、小雪、大雪、冬至、小寒、大寒，二十四个节气，周而复始。每一个时节，都有相应的花草树木，带着独特的模样和鲜明的内涵，清新而出，蓬勃生长。

还有花信风，应着花期而来，从小寒节气吹至谷雨节气，来去有序，守时守信。四个月，八个节气，二十四候。每候五日，都有某种花卉绽蕾开放，以梅花为最先，以楝花为最后。经过二十四番花信风之后，以立夏为起点的夏季就翩翩来临了。

世间的花草树木，就这样和着二十四节气，在与他们最相吻合的时节，从容绽放，撷光而行，循环往复，生生不息。他们可食可药可医，其形态、功效、作用，深藏着时节的特质；他们悦目悦颜悦心，其历史、文化、传说，流转着岁月的光华。

跟在他们身后的还有风、雨、雷、电、冰、雪、霜、露，以及人、事等，令人惊喜不断，感慨万千。

我迎着清风与明月，徜徉在二十四节气里，陪伴着这些花草树木。我倾听时令穿云播雨的声音，感受花木拔节生长的历程。那清朗的、向上的节奏，挥洒着温和良善、坚韧不拔的力量。一些人，些许事，诸多文化，多样生活理念，均从那力量中，欣然张开翅膀。

我依然选择以散文的语言、纯雅的文字为依托，结合我的相关实践、认知和感触，按照二十四节气的时令特点，探寻二十四节气与花草树木的关联，解读不同时令中生长的植物的特性、养生疗疾功用和历史文化特点。我曾经出版了《药草芬芳》和《毒草芬芳》两本与药草相关的书，在《本草二十四节气》里，我力求以更大的篇幅、更丰富的内容、更新颖的形式，展现更生动有趣的大自然气象，从另一个侧面展示中华优秀传统文化、中医药文化、生态文化的魅力，推动践行健康文明生活方式。

我始终相信，当我们传播爱、健康和美的时候，我们就拥有了爱、健康和美。

《本草二十四节气》也由此得到许多关爱。她的篇章，盛开在《北京晚报》"博物志"专栏，被"学习强国"学习平台和各级报刊、网站广泛转载，获评2022年度湖南省作家协会定点深入生活项目。她依然被许多老师、朋友和读者期待并信任。

我也依然对她饱含深深的期待和长长的信任。我期待并相信她，生得更美，长得更高，成长得更强壮。

我感恩我能够拥有她。我将继续陪伴她。

是为序。

管弦
2024年1月

目录

春……………………………………………………001
 立春樱桃花儿开………………………………003
 雨水时节,"红杏枝头春意闹"………………011
 惊蛰一声雷,响彻天地间……………………019
 春分,海棠依旧………………………………027
 柳花飞过,万物清明…………………………036
 雨生百谷,花开荼蘼…………………………044

夏……………………………………………………053
 初夏,想起那个最懂青梅的曹操……………055
 小满时节话枇杷………………………………063
 芒种,饯花时节品"红楼"……………………072
 夏至,那些与吃喝相关的故事………………080
 小暑品莲………………………………………089
 炎炎暑日,看古人如何以冰消暑……………097

秋 ·············· 105

梧桐声声报秋来 ·············· 107

处暑摘新棉，开花不见花 ·············· 115

白露打枣，果红点点留玄机 ·············· 123

秋分卸梨滋味长 ·············· 131

寒露，插遍茱萸露未晞 ·············· 139

霜降，难忘那抹柿红 ·············· 147

冬 ·············· 155

立冬品"蔗境" ·············· 157

小雪，绝甘分少品荸荠 ·············· 165

大雪无痕，橘香千年 ·············· 173

蜡梅：凌寒迎冬至，无关腊和梅 ·············· 181

小寒始吹花信风，水仙凌波款款来 ·············· 190

大寒兰花，一国之香 ·············· 198

春

立春樱桃花儿开

立春了。

立,为"开始";春,代表着温暖、生长。作为"二十四节气"之首,立春,意味着万物闭藏的冬季已过去,风和日暖、万物生长的春季正到来。

樱桃,也在立春时节展露笑颜。她的花儿,是立春花信风中的二候(一候迎春、二候樱桃、三候望春),一般在立春五天后绽放;她的果儿也有"早春第一果"之称。

从最早的祭礼、赐品、宴品,到普通花果,樱桃的天上人间,唯美了流金时光。

樱桃花,"窣破罗裙红似火"

樱桃,美得不容一声轻唤,一股俏丽玲珑的感觉早已油然而生。

先瞧瞧樱桃花儿。

"樱桃花,一枝两枝千万朵。花砖曾立摘花人,窣破罗裙红似火。"在唐代诗人元稹(779—831)这简明凝练、情景交融的《樱桃花》中,樱桃花太明艳、活泼了。

繁英如雪的樱桃花很早就令人流连，特别是唐代，吟咏者众。与元稹共同倡导新乐府运动、世称"元白"的白居易（772—846），更是爱诗咏樱桃花，留存至今的多达十余首。两个诗人如此爱写樱桃花，可能与洛阳有些渊源。元稹是洛阳人，白居易晚年长居洛阳，而洛阳一带很早就以樱桃闻名。

作为十三朝古都，洛阳自古以来便海纳自然人文美景，它地处盆地，沟壑纵横，清溪曲绕，向阳背风处很适宜樱桃生长，故历代多有栽植，现在还有作为洛阳八小景之一的"樱桃沟"遗世。自秦汉以来，樱桃被移植到皇宫御园和达官雅士的花园之中，得到广泛栽植。唐太宗李世民也作《赋得樱桃》以示赞美："华林满芳景，洛阳遍阳春。朱颜含远日，翠色影长津。乔柯啭娇鸟，低枝映美人。昔作园中实，今为席上珍。"

樱桃花，见证着元稹与白居易的情谊。贞元十九年（803），24岁的元稹与年长他7岁的白居易同登书判拔萃科，并入秘书省任校书郎，此后两人结为好友，常有诗作互赠。公元815年，宰相武元衡遇刺身亡，白居易主张严缉凶手，被认为"越职言事"；他的母亲因看花而坠井去世，他又著有众多"赏花"及"新井"诗，被说成"有害名教"。这些都成为他被贬为江州（约为今江西九江）司马的理由。在赴江州上任的途中，白居易想念五个月前被贬为通州司马的元稹，写了一首《舟中读元九诗》："把君诗卷灯前读，诗尽灯残天未明。眼痛灭灯犹暗坐，逆风吹浪打船声。"

元稹听闻此事后，当即写下《闻乐天授江州司马》："残灯无焰影幢幢，此夕闻君谪九江。垂死病中惊坐起，暗风吹雨入寒窗。"白居易在江州读到，十分感动，尤其对"垂死病中惊坐起"一句特有感触。他给元稹回信说："此句他人尚不可闻，况仆心哉！至今每吟，犹恻恻耳。"而元稹收到白居易信后，又立马回复一诗《得乐天书》："远信入门先有泪，妻惊女哭问何如。寻常不省曾如此，应是江州司马书。"这些都足见二人感情之深。

白居易的樱桃花诗，也种类繁多，有怀念友人的，如《题东楼前李使君所种樱桃花》；有感怀人生的，如《樱桃花下有感而作》。而且，他走到哪儿写到哪儿，如《吴樱桃》《移山樱桃》等。迟暮之时，他还写了一首《樱桃花下叹白发》，令人枉自嗟呀："逐处花皆好，随年貌自衰。红樱满眼日，白发半头时。倚树无言久，攀条欲放迟。临风两堪叹，如雪复如丝。"

岁月啊，真是一把"杀猪刀"。

令人仰望的"早春第一果"

再来看樱桃果儿。

朱颜靓丽，圆润均匀。人们也常常直接把樱桃果儿称为樱桃。

樱桃非桃类，因其形肖桃，颗如璎珠，璎即像玉的石头，又属于蔷薇科李属落叶小乔木，故璎改为樱，得名樱桃；因为云莺所含食，又名莺桃、含桃。还因色红，被称为朱樱。樱桃英文名Cherry，音译为大家熟知的车厘子。

一年之计在于春，作为早春第一果，樱桃可以"调中，益脾气，令人好颜色，美志"，她的新、早、美又融合在新春中，让人喜爱和推崇。樱桃最早是古人荐新果物的首选。荐新是顺应时令和自然的祭祀活动，是古代祭礼的重要组成部分，即人们为了表达对天地、神灵、祖先的崇敬和感谢，以初熟谷物或时令果物供奉于宗庙社稷，希望来年继续得到保佑。

中国古代典章制度选集《礼记》有"羞以含桃，先荐寝庙"的记载。到了汉代，樱桃荐新作为礼仪制度被正式载入史册，西汉大臣叔孙通将荐樱由实践性走向制度化，《汉书·叔孙通传》记载："通曰：'古者有春尝果，方今樱桃熟，可献，愿陛下出。'因取樱桃献宗庙。上许之。诸果献由此兴。"南朝陈时期文学家江总的《摄官梁小庙》也提到荐樱："畴昔游依所，今日荐樱时。"

东汉以后，皇帝还开始用樱桃赏赐大臣。宋代类书（即中国古代一种资料性书籍）《太平御览》引用东晋学者王嘉的神话志怪小说集《拾遗录》所载："明帝月夜宴赐群臣于照园，大官进樱桃，以赤瑛为盘，赐群臣。月下视之，盘与桃同色，群臣皆笑，云是空盘。"彤红的果儿与赤红的玉盘，令月色都染上了红光。品樱桃、乐融融的场景，也传为了佳话。

唐代荐新、尝新、赐樱之风更盛，唐玄宗时代官修的礼仪著作《大唐开元礼》记载的荐新物就包括樱桃，唐代官员张莒的《紫宸殿前樱桃树赋》说樱桃"充荐乃众果之先"，唐代郊庙歌辞中也有樱桃荐新之表述，如"靡草凋华，含桃流彩""木槿初荣，含桃可荐"等。唐代宫廷内院中种植了樱桃，每年成熟时先荐于寝庙，尝新后由皇帝分赐群臣，如《旧唐书》载："大和之初……尝内园进樱桃，所司启曰：'别赐三宫太后。'""有司尝献新荐、樱桃，命献陵寝宗庙之后，中使分送三宫十宅。"《新唐书》记载皇帝"夏宴葡萄园，赐朱樱"。唐代文史资料集《唐语林》载"玄宗紫宸殿樱桃熟，命百官口摘之"。

樱桃，便带动一种风尚，成为文人墨客争相吟咏的对象。例如，唐代诗人王维的侍宴应制诗《敕赐百官樱桃》就比较有特色："芙蓉阙下会千官，紫禁朱樱出上阑。才是寝园春荐后，非关御苑鸟衔残。归鞍竞带青丝笼，中使频倾赤玉盘。饱食不须愁内热，大官还有蔗浆寒。"不仅把荐樱的隆重、赐樱的热闹雅致详尽地叙述，还把樱桃的特点清楚地表达，即樱桃味甘、性热、有微毒，食用时可搭配饮用一些甘寒的甘蔗汁来泻火与平衡。

樱桃的确不可一次食用太多，唐朝医药学家大明说樱桃"微毒，多食令人吐"；元代医药学家朱震亨也说"樱桃属火，性大热而发湿。旧有热病及喘嗽者，得之立病，且有死者也"；金代医药学家张从正的《儒门事亲》还记载了这样的医案："舞水一富家有二子，好食紫樱，每日啖一二升。半月后，长者发肺痿，幼者发肺痈，相继而死。"

樱桃似乎天生就令人仰望，这令人仰望的缘由中，也包括这微微的毒性吧。

"樱桃进士"的隐者人生

走过漫漫冬季，迎来俏俏樱桃，足以谈谈人生。

除了荐新、赐樱，樱桃的意义还表现在樱桃宴上。樱桃宴是樱桃与进士的暖暖相合，烘托着金榜题名的喜悦。新的进士们在樱桃宴上品尝时新，美在眼里，甜在心上。

樱桃宴至迟始于唐僖宗时代，有关樱桃宴的最早记载为乾符四年。研究唐代科举制度的基本典籍之一《唐摭言》记载："新进士尤重樱桃宴。……时京国樱桃初出，虽贵达未适口，而覃山积铺席，复和以糖酪者，人享蛮榼一小盎，亦不啻数升。"左仆射刘邺为了庆贺第二个儿子刘覃进士及第举办宴会,准备了很多刚上市的樱桃招待宾客,吃法也颇为讲究,用来佐樱桃的糖酪都用了好几升。

而宋末的进士蒋捷对于樱桃更是别有体会。大约1274年,29岁的蒋捷前往临安(约为今浙江杭州)参加殿试。殿试是科举考试中的最高一段,皇帝亲临殿廷,发策会试通过的贡士——进贡给天子的士子。船过吴江时,观赏着京杭大运河两岸的柳色,蒋捷将满怀愁绪带进《一剪梅·舟过吴江》:"一片春愁待酒浇,江上舟摇,楼上帘招。秋娘渡与泰娘桥,风又飘飘,雨又萧萧。何日归家洗客袍,银字笙调,心字香烧。流光容易把人抛,红了樱桃,绿了芭蕉。"那一句"流光容易把人抛,红了樱桃,绿了芭蕉",令人无比心动,也让蒋捷得"樱桃进士"的雅号,从此与樱桃紧密相连。

一"红"一"绿",是对"飞逝的流光"的感慨,也是对盛世难逢的哀叹。敏感的蒋捷已经依稀听到蒙古人的铁蹄南侵声,预见到南宋小朝廷日落西山的前景。五年后,南宋王朝在与元军的最后一役崖山海战中失败,左丞相陆秀夫背着末代皇帝赵昺跳海而亡,南宋王朝果真如他所料覆灭了,世上也再无"大宋进士蒋捷"。蒋捷一头扎进故乡宜兴的茫茫竹海隐居起来,拒不入仕途,人称"竹山先生"。他留下的两卷《竹山词》,写满亡国之恨与痛。

关于蒋捷的生平,能够查到的史料并不多,也许他主动将身影隐藏,有意模糊了人生细节。他大约生活在1245年至1305年间的南宋和后南宋。这个南宋的末代进士,没当过一天南宋的官,却做了一辈子南宋的守灵人。他长于词,与周密、王沂孙、张炎并称"宋末四大家"。他的词清俊疏朗，多抒发故国之思、山河之恸，有造语奇巧清新之特点，在宋朝词坛独标一格。

对读书人而言，隐居的日子不是那么好过的。满腹经纶的书生，却要为一日三餐而绞尽脑汁；那支本来要挥毫经国大略的笔，却只能写一些摆到地摊上卖的字；那填词作赋的才华，却只能在为别人编家谱、写祭文时换些银两……因此，当我们今天再来读他的《虞美人·听雨》时，会别有一番滋味："少年听雨歌楼上，红烛昏罗帐。壮年听雨客舟中，江阔云低、断雁叫西风。而今听雨僧庐下，鬓已星星也。悲欢离合总无情，一任阶前、点滴到天明。"

这首词大约创作于1299年的一个夜晚。那太湖北岸的一片竹林深处，五十多岁的蒋捷伏于一盏昏灯下，一边聆听窗外凄雨，一边书写平生感受。是啊，少年听雨，意气风发；中年听雨，百折千回；而暮年听雨，都是无可奈何啊。在后人看来，他的听雨，不仅是人生总结，还是一个时代的挽歌。他为光芒四射的宋词写下终章。

樱桃，也以深沉之红，为"樱桃进士"画上了句号。

雨水时节,"红杏枝头春意闹"

东风解冻,散而为雨。

如果说立春是春天的第一乐章"奏鸣曲",雨水就是春天的第二乐章"变奏曲"。随着这一反映降水现象的节气来临,春雨飘然而来,"随风潜入夜,润物细无声"。

杏,也立在这充满诗意的雨水中。她之洵美、她之功用、她之独特,都随着那雨水二候的花信风(一候菜花、二候杏花、三候李花),向我们扬起了青春逼人的笑脸。

我们的心儿,早已沉醉在春风清朗的时光中。

姣容三变的娇艳之花

"沾衣欲湿杏花雨,吹面不寒杨柳风。"

杏花,绽放在淅淅沥沥的春雨中,娇美在南宋诗人僧志南的诗里。杏花和雨,静静地依偎,轻轻地飘飞。

南北朝时期文学家庾信也很早就用《杏花诗》表达了对杏花的喜爱:"春色方盈野,枝枝绽翠英。依稀映村坞,烂漫开山城。好折待宾客,金盘衬红琼。"杏花一般有三种颜色,初开时红,盛开时粉,将落时白。庾信用"红琼"来形容杏花初开时红润如

玉的娇羞模样，令人忍不住心生疼爱。

然而，让人没有想到的是，这首本意赞美杏花的诗，后来却成了非议杏花的源头。因"红琼"初起、"姣容三变"，杏花被人歪曲为薄情多变的花，甚至成为"妓者""艳客"的代名词。

晚唐诗人薛能是第一个破坏杏花形象的人，他的《杏花》诗写道："活色生香第一流，手中移得近青楼。谁知艳性终相负，乱向春风笑不休。"他把杏花比喻成轻佻风流的青楼女子，杏花的节操由此碎了一地。到宋朝以后，杏花更是被文人恶评。先是一些人发挥想象，把杏花用到美女的肤色上，"云随碧玉歌声转，雪绕红琼舞袖回"；继而变成青楼里的场景："美酒一杯花影腻，邀客醉，红琼共作熏熏媚。"更有甚者，曲解南宋诗人叶绍翁的《游园不值》，其中一句"一枝红杏出墙来"本是描写大好春色的，却被"简化"成"红杏出墙"，意思全变。这种对杏花的非议一直持续到清代，李渔也说："树性淫者，莫过于杏。"杏树还被扣上了"风流树"的帽子。

好在，无论非议如何，杏，始终有着坚定不移的支持者。

金末文学家元好问（1190—1257）就是一生咏杏、爱杏的代表人物，他写了许多与杏花相关的诗。他留下的作品中，咏杏的多达35首，另有十几处提及杏。在他的笔下，既有对杏花娇艳欲滴的形态产生了不可抑制的喜爱，如"袅袅纤条映酒船，绿娇红小不胜怜""太一仙舟云锦重，新郎走马杏园红"；也有借杏花绚烂短暂的花期感叹功名抱负的失落和人生的沧桑变幻，如"纷纷红紫不胜稠，争得春光竞出头""一树杏花春寂寞，恶风吹折五更心"；更有借花开花落的变迁抒发宗国破灭之后无可复制的故国之情，如"荒村此日肠堪断，回首梁园是梦中""荒蹊明日知谁到,凭仗诗翁为少留"等等。元好问被人称为"咏杏诗词史上首屈一指的大家",足见其杏花诗影响之大。

值得一提的还有北宋工部尚书宋祁的《玉楼春·春景》:"东城渐觉风光好,縠皱波纹迎客棹。绿杨烟外晓寒轻,红杏枝头春意闹。浮生长恨欢娱少,肯爱千金轻一笑?为君持酒劝斜阳,且向花间留晚照。"凭借一句"红杏枝头春意闹",宋祁得了"红杏尚书"的雅号。

近代美学家王国维也喜欢宋祁这首诗,他在《人间词话》中这样评价:"着一'闹'字,而境界全出。"

是啊,看那枝头红杏,像一群生得好看、又有点害羞、还有点活泼的小女孩。一个拟人化的"闹",画龙点睛一般,将杏花"点"活。

福泽千年的杏坛杏林

早在被各种议论包围之前,杏就有很大的影响力了。

作为蔷薇科杏属乔木,杏是阳性树种,深根性、结果早、盛果期长,她喜爱阳光,耐得住干旱与风寒,适应能力强,寿命可达百年以上。在中国,杏的栽培史最少有三千年,古代常常"一色杏花三十里",足见栽培数量多、范围广。春秋时期齐国经济学家、政治家、思想家管仲(约前723—前645)早就给予了杏肯定的评价,《管子》中说:"五沃之土,其木宜杏。"五沃,或赤,或青,或黄,或白,或黑,有广泛宽大之意。

后来的孔子(前551—前479)又将杏的影响进一步发挥。

据道家学派著作《庄子·杂篇·渔父第三十一》记载:"孔

子游乎缁帷之林,休坐乎杏坛之上。弟子读书,孔子弦歌鼓琴。"孔子坐在杏坛上,为学生讲学、授课,"杏坛"由此成为教育圣地的代名词。不过,按西晋史学家司马彪的注释,杏坛只是指"泽中高处也",不一定种有杏树或者跟杏有关。明末清初经学家顾炎武也认为《庄子》中凡是讲孔子的,采用的都是寓言的写法,杏坛不必实有其地。

在现在山东省曲阜市孔庙的大成殿前,还是存在着一个杏坛,相传是孔子讲学之处。当然,那是后人为了纪念孔子杏坛讲学而建。宋代以前此处只有大成殿,天禧二年(1018),孔子四十五代孙孔道辅监修孔庙时,在正殿旧址"除地为坛,环植以杏,名曰杏坛",金、元、明、清各代都有扩建或重修。杏坛方亭重檐,黄瓦朱柱,十字结脊,亭四周遍植杏树,每到春和景明,杏花盛开,灿然若火。孔子后裔六十代衍圣公《题杏坛》云:"鲁城遗迹已成空,点瑟回琴想象中。独有杏坛春意早,年年花发旧时红。"

而孔庙前的杏坛是否确为孔子开坛讲学之处,并不重要了,重要的是"杏坛"作为中国教育之代名词的传承意义和价值。

在孔子去世约七百年以后,杏的影响再次被一个人放大并延伸,这个人就是东汉建安时期医药学家董奉(220—280)。

董奉少年学医,信奉道教,年轻时曾任小吏,不久归隐。某次途经庐山,看到当地人因战争而贫病交加,十分同情,便在山上行医。他根据当地的地理、气候条件,提倡当地人在荒山坡上种植杏树以救荒致富,并把种植技术传授给他们。可是,刚开始很多人对这位"游医郎中"的建议持怀疑态度,并不实行。于是,董奉便定下规矩:看病不收费用,只要重病愈者在山中栽杏五株、轻病愈者栽杏一株即可。由于他医术高明、医德高尚，远近患者纷纷前来求治，数年之间就种植了万余株杏树，十年种了十万多株。杏的果实成熟时，董奉又建一草仓储存杏果，并做出新规定：需要杏果的人，可用稻谷自行交换。董奉告知大家食杏禁忌，并回收杏仁。交换得来的稻谷，除去维持生活必需，其余的他也用来救济贫民。据载，每年有两三万人得到董奉的救济。

东晋道教学者、医药学家葛洪的《神仙传》把董奉的事迹记载得详细："君异居山为人治病不取钱，使人重病愈者，使栽杏五株，轻者一株，如此十年，计得十万余株，郁然成林……"

此后，"杏林"成为中医的别称，医者以"杏林中人"自居，人们以"杏林春秋"来展示中医药历史，以"杏林佳话"来表达与中医药有关的趣谈故事，以"杏林春暖""誉满杏林""杏林高手"来称颂品高术精的医家。董奉更是被誉为"杏林始祖"，与当时谯郡的华佗、南阳的张仲景并称为"建安三神医"。

杏，早已在那一片杏林中，伴着悠然飘过的流金岁月，出落成自己喜欢的模样。

常被忽视的杏儿之毒

更让杏不会被更深侵犯的是：她有毒。

杏有毒的部位主要是果实和核仁。对于她的果实，中国历代医家陆续汇集而成的医药学著作《名医别录》说："（杏实）酸、热，有小毒。生食多伤筋骨。"春秋战国时期医药学家扁鹊说："多食动宿疾，令人目盲、须眉落。"宋代医药学家寇宗奭说："小儿多食，致疮痈膈热。"明代医药学家宁源说："多食，生痰热，昏精神。产妇尤忌之。"她的核仁苦而冷利，主要有毒成分为苦杏仁甙，毒性比果实大，若一个核仁中有两个仁的，更是大毒，"两仁者杀人，可以毒狗"。杏仁中毒的潜伏期一般为1至2小时，初期一般表现为口苦涩、流口水、头晕、头痛、恶心、呕吐、心慌、四肢无力，继而出现心跳加速、胸闷、呼吸急促、四肢肢端麻痹，严重时呼吸困难、四肢冰凉、昏迷惊厥，甚至出现尖叫，可从中毒者口中嗅闻到杏仁的苦味，最终意识丧失、瞳孔散大、牙关紧闭、全身阵发性痉挛，因呼吸麻痹或心跳停止而死亡。儿童中毒的死亡率较高。

这可能有点让人难以理解和接受，特别是在现代人眼里，杏仁是一种休闲美食，市场上到处有售，怎么可能有毒呢？其实，真正可以作为零食来食用的杏仁，只是巴旦杏的核仁。巴旦杏甘、平、温，无毒，明代医药学家李时珍把巴旦杏描绘得很清楚："树如杏而叶差小，实亦小而肉薄。其核如梅核，壳薄而仁甘美。点茶食之，味如榛子。西人以充方物。"

杏的毒，很好地保护了自己，她也理所当然地被《名医别录》列为下品，下品为佐、使，主治病以应地，多毒，不可久服，欲除寒热邪气，破积聚，愈疾者，本下经。作为下品，杏也是幸运的，她早已在那一片杏林中，得到董奉的陪伴和善待。

董奉深懂杏的毒，故讲究炮制。后来医药学家记载的杏仁炮制方法，都汲取了董奉医案中的精华。例如，南朝宋齐梁时期医药学家陶弘景说："凡用杏仁，以汤浸去皮尖，炒黄。或用面麸炒过。"南朝宋时期医药学家雷敩说："凡用，以汤浸去皮尖。每斤入白火石一斤，乌豆三合，以东流水同煮，从巳至午，取出晒干用。"董奉把杏的美发扬光大。他用杏果"去冷热毒"，用杏花治"粉滓面䵟",用杏叶治"人卒肿满",用杏枝治"堕伤",用杏仁"消心烦,除肺热,利胸膈气逆,润大肠气秘"。

  杏,便是处处有,处处有用的。而且,她的用途还有有趣的一面,即她的根可以解她的仁中的毒,李时珍说:"食杏仁多,致迷乱将死,切碎煎汤服,即解。"这样的趣味,让杏竟隐约透出了一分俏皮。杏,也是甜美可爱的,难怪她也叫"甜梅",除了与梅有几分相似之外,还取了"甜美"的谐音啊。

  "万树江边杏,新开一夜风。满园深浅色,照在碧波中。"杏,总是昂扬在脉脉春风中。真是的,美都美不够,还管它什么"非议"呢?杏,让美来得更猛烈些吧。

惊蛰一声雷,响彻天地间

"阳气初惊蛰,韶光大地周。桃花开蜀锦,鹰老化春鸠。……"

惊蛰到了。在唐代诗人元稹展示的明媚春色中,惊蛰节气的"三候"也妙不可言。

"一候桃始华",桃花灿烂开放,一派欣欣向荣的景象;"二候仓庚鸣",黄鹂鸟开始殷殷鸣唱;"三候鹰化为鸠",就更有味了。鸠,是布谷鸟。仲春之时,天空不见飞翔的雄鹰,只见鸣叫的布谷鸟。在古人看来,就好像是鹰变成了布谷鸟一般。

这也是古人对世间万物消长变化的一种朴素认识。除了这些,惊蛰更是开奏了雷鸣之歌。那清脆明了的雷声,宛若一曲昂扬奋发的交响乐,让万物更具蓬勃生机。

传说中的正义之神

惊蛰本来是叫"启蛰"的,《夏小正》曰:"正月启蛰,言发蛰也。"后来,因为汉景帝的名字叫刘启,为了避讳,把"启蛰"改为了"惊蛰",并沿用至今。

"蛰"指冬眠的虫子,是"藏"的意思,元代理学家吴澄的

《月令七十二候集解》说:"万物出乎震,震为雷,故曰'惊蛰'。是蛰虫惊而出走矣。"惊蛰时分,春雷开始响起,把蛰伏于地下冬眠的虫子都惊醒了,真似"忽闻天公霹雳声,禽兽虫豸倒乾坤"。

雷,就是这样威风凛凛地从天而降。在中国古代,慑于雷的巨大威力,人们一直对雷敬畏有加,将雷奉为神、公。神的本义是天神,泛指精神和神灵,神字始见于西周金文,字形构成也是表示祭台的"示"和表示雷电的"申"。公的本义是对祖先的尊称,最早见于甲骨文,雷为天庭阳气,故称"公"。雷崇拜浸润在中华民族的文化血脉中,延续至今。在古人看来,雷是开天辟地的盘古之声音所化,三国时吴国学者徐整的《三五历纪》将这些内容进行了清楚的记载:"天气蒙鸿,萌芽兹始,遂分天地,肇立乾坤,启阴感阳,分布元气,乃孕中和,是为人也。首生盘古,垂死化身,气成风云,声为雷霆;左眼为日,右眼为月;四肢五体为四极五岳;血液为江河;筋脉为地里;肌肉为田土;发为星辰;皮肤为草木;齿骨为金石;精髓为珠玉,汗流为雨泽;身之诸虫,因风所感,化为黎甿。"

慢慢地,雷变得越来越生动,成为具象化的雷神雷公。汉代以前,雷公是"龙身而人头"的神,这在先秦古籍《山海经》卷十三"海内东经"里有记载:"雷泽中有雷神,龙身而人头,鼓其腹。在吴西。"汉代时,雷神渐渐人格化,东汉哲学家王充的《论衡·雷虚篇》说:"图画之工,图雷之状,累累如连鼓之形。又图一人,若力士之容,谓之雷公,使之左手引连鼓,右手推椎,若击之状。"可见当时人们心目中的雷公是一个大力士形象。当然,作为朴素唯物主义者,王充对此是批判的,他在这篇文章中驳斥了把打雷说成是上天发怒、有意惩罚犯有过错的人的说法，认为这毫无依据，故篇名叫"雷虚"。在王充看来，雷是一种火，打雷是一种自然现象，是阴阳二气互相碰撞、冲击而形成的。他认为雷公的说法是"虚妄之象也"。但他的这些观点淹没在历史长河中，直到现代科技发展以后。

围绕雷的想象力一直丰富着。唐代时，雷公被认为是一个遍身鳞甲的猪头怪兽，"豕首鳞身"；明代的雷神则成了长了肉翅的雌鸡。道教中的五雷元帅是由五尊神组成，全名"九天应元雷声普化天尊"，包括坐于中间的鸟嘴人身、手执斧凿的金面雷公，两旁各有黄、绿、红、粉四种脸的雷公。此外，相传雷公还有诸多的部将、侍从，如邓天君、辛天君、庞天君等。

雷，在流金岁月中气势磅礴。古人始终觉得雷是正义之神，能辨世间善恶，惩恶扬善，对暴殄五谷、忤逆不孝、罪大恶极之人，则由雷神"劈死"，或"五雷殛死"。还有"雷殛蜈蚣""狐遭雷殛"等传说，说雷神把害人的大蜈蚣和狐妖劈死了。古人对雷神雷公的敬仰和信任，非同一般。

追求幸福的古人还觉得不能让雷公太孤独，便为他配了一位同样威力十足的妻子，即"电母"。传说中，雷公司雷，电母司闪电为其照亮，雷电默契于心，合拍于形。电母的记载最早出现在《宋史·仪卫志》中，说仪队中有"雷公电母旗"。《元史》也说，电母旗上画一位女神，穿绣花的上衣、朱裙和白裤，两手运光。

于是，雷有了情怀，也更走心。雷声带来变化，也带来希望。"雷动风行惊蛰户，天开地辟转鸿钧。"南宋诗人陆游《春晴泛舟》里的诗句，就展现了惊蛰日一到、雷动风行、天开地辟、春意盎然的景象。

我们最喜爱的，就是雷作为正义之神的样子。

人间至味雷公菌

雷降临之时，大地也有欢腾的时刻。

最欢喜的，要数雷公菌了。作为真菌和藻类共生的复合体，雷公菌又称地皮菌、地踏菜、地耳、地衣、地踏菰等，她是伴雷而生的，常常是一阵惊蛰雷声过后、一场春雨之后，她就俏棱棱地冒了出来，在偏阴偏潮湿的地方，一片片、一丛丛，一路铺展而去，煞为奇特。

那么，当春雷刚过，当春雨方停，让我们把暗黑中透出绿黄、与泡软的黑木耳相似的雷公菌一把一把地采起来吧。盈盈快乐，也从远古轻轻飘来，荡着诗意，唱着歌儿，似画一般，熨帖着我们的心。

采集时，最好是选择长在青石板上的，清洁干净。而且还要快快地采，因为待天空放晴、太阳一晒，地皮菌就会很快变得面目全非。兜着雷公菌回家，轻轻细细地洗净，做汤、炒蛋，味道都是好极了。

雷公菌营养丰富，富含蛋白质、多种维生素和磷、锌、钙等矿物质。据记载，人称"葛仙公"的东晋医药学家葛洪（284—364）隐居时，因缺粮曾采雷公菌为食。葛洪后应召入朝，将该品献给皇上。当时正好太子体弱多病，食用后，身体迅速康复。皇上以为他进贡的是灵丹，就赐名"葛仙米"。清代医药学家赵学敏（约1719—1805）的《本草纲目拾遗》卷八有"葛仙米"

记载:"土人捞取,生湖、广沿溪山穴中石上,遇大雨冲开穴口,此米随流而出,初取时如小鲜木耳,紫绿色,以醋拌之,肥脆可食……以水浸之,与肉同煮,作木耳味。"《梧州府志》也记曰:"葛仙米,出勾漏草泽间。采得曝干,仍渍以水,可作羹入馔,味甚鲜。原非谷属,而以象形,故称米尔。"

雷公菌的美味深得人心,南朝宋时期文学家刘义庆(403—444)等编撰的《世说新语·识鉴》里就有类似故事:"张季鹰辟齐王东曹掾,在洛,见秋风起,因思吴中菰菜羹、鲈鱼脍,曰:'人生贵得适意尔,何能羁宦数千里以要名爵!'遂命驾便归。俄而齐王败,时人皆谓为见机。"

"菰菜羹、鲈鱼脍",是吴中的两道名菜。因为想念家乡的两道菜,连官都不做了,张季鹰堪称魏晋风度之典型。那么,菰菜羹到底是什么做的呢?

一般都认为,菰菜是茭白。但茭白更适合炒肉而不是做羹,而且茭白的食用始于唐宋,在张季鹰的时代不太可能出现。再退一步讲,以现代人的口感,茭白做羹味道也好不到哪儿去。所以,当今学者考证认为,菰菜羹其实就是地皮菌羹。依据之一是南北朝梁时期学者宗懔(约501—565)撰写的笔记体文集《荆楚岁时记》,其中"九月九日事"载:"菰菜,地菌之流,作羹甚美;鲈鱼作脍白如玉,一时之珍。"如此诱人美食,难怪张季鹰想辞官。不过,雷公菌性味偏寒,赵学敏说她"性寒不宜多食"。

除了是美食,雷公菌还有药用价值。中国历代医家陆续汇集而成的医药学著作《名医别录》说她"明目益气,令人有子",宋代《太平圣惠方》也说她"养血、止血、养胃、清心"。清代医药学家龙柏的《脉药联珠药性考》赞她:"久食色美,益精悦神,至老不毁。"现代科学研究还发现,雷公菌含有一种可以抑制人大脑中乙酰胆碱酯酶的活性成分,能够防治阿尔茨海默病。

人们对雷的敬重里,也包含了对健康与美味的热爱。

王磐和他的《野菜谱》

雷公菌还被明代散曲家、画家、医药学家王磐的《野菜谱》娓娓道来。

"地踏菜,生雨中,晴日一照郊原空。庄前阿婆呼阿翁,相携儿女去匆匆。须臾采得青满笼,还家饱食忘岁凶。东家懒妇睡正浓。"地踏菜即雷公菌。

王磐(约1470—1530),字鸿渐,号西楼,江苏高邮人,被誉为"南曲之冠"。王磐少时薄科举,不应试,终生不愿入仕途。他寄情于山水诗画之间,筑楼于城西,终日与雅士歌咏诗吟,自号"西楼"。所作散曲,题材广泛,虽也多闲适之作,但有部分作品比较深刻地反映了社会现实,表达了改变现实的愿望。例如,正德年间,宦官当权,船到高邮,必吹喇叭,骚扰民间,王磐便作《朝天子·咏喇叭》讽之:"喇叭,锁哪,曲儿小腔儿大。官船来往乱如麻,全仗您抬声价。军听了军愁,民听了民怕,哪里去辨什么真共假?眼见的吹翻了这家,吹伤了那家,只吹的水尽鹅飞罢。"

王磐嗟叹百姓疾苦,当时,江淮之间连年水旱,灾民经常采摘野菜充饥,王磐担心百姓误食伤身,便深入田间地头调查,广泛采访有经验的农民,经过目测、亲尝、验证等,以文字、歌谣和手绘简笔画等相结合的形式说明野菜的形态、采集时间、食用方法、性味效用等，写成《野菜谱》，并木刻印刷，广为散发，以帮助灾民度过饥荒。《野菜谱》成书于正德年间（1506—1521），分为序言和内容两部分，全书3000多字，收集了能够度荒年饥馑的60种野菜的有关资料，是明代流传很广的一部救荒类书籍，在植物学史中具有重要研究价值。最初的木刻本题名为《王西楼野菜谱》，在原著205字的序言中，王磐以朴实无华的语言道出良苦用心：饥荒之年，民不聊生，编撰此书，救民于水火之中。

  王磐所接触的大多是江浙地区的植物，其他地方的并不太多见，《野菜谱》所载的也大多是当时的植物，由于环境、气候等地理因素的改变，有一些植物至今可能已经灭绝。现代常见的蒲公英、马齿苋、野荸荠等还是列于其中。有意思的是，在全书60味野菜中，跟雷相关的就有两种，除了雷公菌之外，还有雷声菌。王磐为其配的歌诀是："夏秋雷雨后生茂草中，如麻菇，味亦相似。雷声菌，如卷耳；恐是蛰龙儿，雷声呼辄起。休夸瑞草生，莫叹灵芝死。如此凶年谷不登，纵有祯祥安足倚？"

  雷声菌是怎样的呢？我查阅了各类古籍资料，均未发现有记载。后来，我在今人一些叙述中发现一种号称"雷打菌"的蘑菇，细长的模样，常于雷雨过后丛生。雷打菌可能就是雷声菌。

  当然，促生"雷声菌"的雷，是夏秋之雷，不是惊蛰之雷。而这是无妨的，无论何时何地的雷，都令我们深怀敬意。

春分,海棠依旧

云销雨霁,春色中分。

春分,正当立春至立夏这春季三个月的中点,平分了春季。春分这一日,白天黑夜等长,各为12小时。"春分者,阴阳相半也。故昼夜均而寒暑平。"故春分也称"升分",古时又称为"日中""日夜分""仲春之月"。

"纵目天涯,浅黛春山处处妙",千花百卉片片芳。那春分花信风中,一候海棠、二候梨花、三候木兰,都吹得明媚动人。来得最早的海棠,宛若春分的第一抹阳光,撞亮了初见的目光。

棠自海外来

"枝间新绿一重重,小蕾深浅数点红。"

海棠花开的时候,清红娇嫩,恰似一抹新开的胭脂,带着一丝羞怯和好奇,慢慢地晕染,浅浅地散开,如北宋学者沈立描绘的一样:"二月开花五出,初如胭脂点点然,开则渐成缬晕,落则有若宿妆淡粉。"心,在那一刻,就融化了。

难怪,海棠还叫赤棠,明代医药学家李时珍把她收进《本草纲目》中,也冠以"海红"之名。赤、红,漫成一片明媚的主旋

律，浸染在海棠花上，人们常常直接把海棠花叫作海棠。海与棠，也都有深意："棠"内隐于海棠果的本质中，与甘棠（即野梨，又称棠梨）牵手，"棠性多类梨"，海棠果与甘棠外形性质相似，都呈圆形且性味酸甘，都可鲜食或制成蜜饯，都可药用治疗泄泻等；"海"牵引着海棠的名字，是古人认为海棠最早来自海外的缘故。唐代政治家、文学家李德裕的《花木记》说："凡花木名海者，皆从海外来，如海棠之类是也。"唐代诗人李白也说："海红乃花名，出新罗国甚多。"李时珍根据李德裕、李白之说，得出结论："则海棠之自海外有据矣。"

不过，海棠之"来自海外"，并不是现代意义上来自中国境外的意思，而是有来源不明或源自荒蛮地带的含义。海这个字用在海棠身上，就像中国古籍《山海经》里的"海"一样。《山海经》内容包括"海内""海外""大荒"等部分。"海内"与"海外"不能理解为本土与海外。"海内"指的是"五服"中的甸服、侯服、绥服等地区，"海外""大荒"指要服与荒服。"五服"是古代一种地域划分方法，将整个国家地域根据离帝畿（即京都或京都及其附近地区）的远近划分而成。古人所在的"中土"（即中原地区）为山，山外为海，海外为荒。"海"不是现代人所说的海，而是古人视野范围内距离较远、荒晦而不可捉摸之地。

李白所说的新罗国也证明海棠的"海外关系"同《山海经》的一样。新罗国（前57—935）是朝鲜半岛历史上的国家之一，其母体为三韩之中的辰韩，首都位于金城（约为今韩国庆尚北道庆州市）。新罗国起初为朝鲜半岛东南部的部落联盟，唐朝在新罗国设置鸡林州都督府，作为对新罗进行羁縻统治的机构。羁縻的原意，见于西汉史学家司马迁撰写的中国历史上第一部纪传体通史《史记·司马相如传·索隐》,"羁,马络头也;縻,牛靷也",引申为笼络控制。唐朝对西南少数民族采用羁縻政策,承认当地土著贵族,封以王侯,纳入朝廷管理。宋、元、明、清几个王朝称为土司制度。统一新罗时代(668—901)时,新罗国以唐朝诸侯国自居,还往往冠以唐朝国号作为全称,如"有唐新罗国""大唐新罗国"等。

"海味"十足的海棠,还是源自古老的中国。海棠也确实是在唐代才闪亮登场的。相比甘棠这早就在中国最早诗歌总集《诗经》中亮相的植物,海棠的出场晚了一千来年。只是,海棠一出场就得到很高评价,当她的记载最早出现在唐代地理学家贾耽(730—805)的《百花谱》中时,就被如此盛赞:"海棠为花中神仙,色甚丽。"作为唐朝玄、肃、代、德、顺、宪宗六朝元老、唐朝中期宰相贾耽的评价不会不引起别人重视。这般高起点,点亮了海棠多姿多彩、红红火火的"树生"。

后来,宋代诗人释惠洪的《冷斋夜话》提到过唐明皇李隆基(685—762)对海棠的喜爱:"上皇登沉香亭,诏太真妃子,妃子时卯醉未醒,命力士从侍儿扶掖而至。妃子醉颜残妆,鬓乱钗横,不能再拜。上皇笑曰:'岂是妃子醉。真海棠睡未足耳。'""海棠春睡"由此而生。

海棠,明媚了春天。

妙手偶得之

唐代的盛开,有了宋代的辉煌。

美丽、从容、安静的海棠愉悦着人们的眼和心,被一个又一个具慧眼有慧心的人吟诵。

特别是在那个海棠花落的早晨，些许花瓣偶然飘落到诗词的大树下，被北宋词人李清照的纤纤玉手，捡拾起来。

"昨夜雨疏风骤，浓睡不消残酒。试问卷帘人，却道海棠依旧。知否？知否？应是绿肥红瘦。"这首李清照创作于1102年左右的《如梦令》，携着海棠，仿佛俊逸潇洒的身影，穿越了唐朝到宋朝的400多年时光。

时间回到大唐开元初年，也是一个春天的早晨，襄阳城外，鹿门山上，二十出头、正在隐居的孟浩然（689—740）看到山里风雨方停，心中不禁诗意汹涌，一首简单却生动的诗脱口而出："春眠不觉晓，处处闻啼鸟。夜来风雨声，花落知多少。"这花里，也有海棠吧？一百多年后，李商隐（约813—858）缓缓走来，这位诗歌造诣很高的诗人身后，站着他十几岁的外甥韩偓（844—923），手握一枝海棠。李商隐对韩偓是很欣赏的，单看这句夸赞就可见一斑："桐花万里丹山路，雏凤清于老凤声。"韩偓也继承了姨父的衣钵。那一个春天，韩偓看到一个女子，在酒醒懒起之时，因院子里被风雨打落的海棠而心思婉转。韩偓便从女子角度，写了一首《懒起》："百舌唤朝眠，春心动几般。……暖嫌罗袜窄，瘦觉锦衣宽。昨夜三更雨，今朝一阵寒。海棠花在否，侧卧卷帘看。"真乃"似曾相识燕归来"，"百舌唤朝眠"不是和"春眠不觉晓，处处闻啼鸟"很像吗？光阴似水流淌，慢慢浸入1084年，这个北宋文坛的黄金时代，这一年，文学家李格非（约1045—1105）以"一道清流照雪霜"，为喜得之千金取名：李清照。李格非是苏轼的学生，苏轼有好些学生都名闻天下，大约1094年春天，苏轼的另一名得意弟子秦观（1049—

1100）以一首《如梦令·春景》惊了春光："莺嘴啄花红溜，燕尾点波绿皱。指冷玉笙寒，吹彻小梅春透。依旧，依旧，人与绿杨俱瘦。"

原来，海棠闪耀在李清照的《如梦令》之前，经历过那么多风吹雨打的时光，"昨夜雨疏风骤"与"夜来风雨声，花落知多少""昨夜三更雨"；"试问卷帘人"与"侧卧卷帘看"；"却道海棠依旧。知否？知否"与"海棠花在否"；还有"绿肥红瘦"那个点睛之"瘦"，都印着"瘦觉锦衣宽""人与绿杨俱瘦"的模样。

流转，流转，海棠伴着唐诗宋词的璀璨一并流转，转到明代画家、书法家、诗人唐寅手中。记住了唐明皇那"海棠春睡"的唐寅，早已思绪悠悠，挥笔画下《海棠美人图》。

唐寅（1470—1524），字伯虎。历史上的唐伯虎，并没有传说中的那样好运，"三笑点秋香"的故事也纯属后人杜撰。他是苏州府吴县人，父亲是一个商人。他从小酷爱读书，记忆力超群，过目成诵，"每夜尽一卷"。24岁那年，唐寅的父亲去世，母亲、妻子、儿子、妹妹也相继在随后一两年内逝去，家境逐渐衰落。在好友祝允明的规劝下，唐寅潜心读书备考。28岁获应天府乡试第一名，但次年参加会试，却因牵连科场弊案而下狱，罢黜为吏，致使功名受挫，此后无意仕进，以卖文卖画为生。唐寅晚年穷困潦倒，但画作、诗文颇丰。因擅长诗文，他与祝允明、文徵明、徐祯卿并称"江南四才子"；而其画名更著，又与沈周、文徵明、仇英并称"吴门四家"。

在《海棠美人图》中，唐寅别出心裁地题了一首诗："褪尽东风满面妆，可怜蝶粉与蜂狂。自今意思谁能说？一片春心付海棠。"

是的，无论怎样，海棠都依旧值得我们将真心相送。

正气存天然

绿树，红花，经典明正的形象，令海棠有着天然的正气。人们常常用她来类比甘棠。

北宋诗人王禹偁（954—1001）的《题钱塘县罗江东手植海棠》就是把海棠比甘棠，并借以寄情、明志的："江东遗迹在钱塘，手植庭花满县（作院）香。若使当年居显位，海棠今日是甘棠。"

这应是王禹偁遭贬谪时所作之诗。王禹偁，字元之，于北宋太平兴国八年（983）中进士，历任右拾遗、左司谏、知制诰、翰林学士。他为官清廉，关心民间疾苦，且秉性刚直，不畏权势，遇事直言敢谏，发誓要"兼磨断佞剑，拟树直言旗"。所以，他屡受贬谪，先后被贬至陕西商州、山西解州、安徽滁州、湖北黄州等地，但他意志坚定，曾作《三黜赋》，以"屈于身兮不屈其道，任百谪而何亏；吾当守正直兮佩仁义，期终身以行之"表达志愿。

和海棠一样，甘棠受重视的程度也很高，她跟随西周召公，被记载在《史记·燕召公世家》中："周武王之灭纣，封召公于北燕……召公巡行乡邑，有棠树，决狱政事其下，自侯伯至庶人各得其所，无失职者。召公卒，而民人思召公之政，怀棠树不敢伐，歌咏之，作《甘棠》之诗。"《诗经·国风·召南·甘棠》对甘棠的吟唱确实情深意长："蔽芾甘棠，勿翦勿伐，召伯所茇。蔽芾甘棠，勿翦勿败，召伯所憩。蔽芾甘棠，勿翦勿拜，召伯所说。"甘棠树高又大，不要砍不要伐，召公在树下居住过；甘棠

树高又大，不要砍不要伐，召公在树下休息过；甘棠树高又大，不要砍不要伐，召公在树下停留过。人们由召公而爱甘棠，还有了成语"甘棠遗爱"，以颂扬离去的政声卓越的为官者。

召公本名姬奭，生卒年不详，他和周公旦都是周武王的弟弟，共同辅助周成王治理国家，政绩显著。姬奭辅佐周武王灭商后，受封于蓟（约为今北京），建立臣属西周的诸侯国燕国（北燕），但他派长子姬克管理燕国，自己仍留在镐京（约为今陕西长安）辅佐周王室。因采邑（古代国君封赐给卿大夫作为世禄的田邑）于召（约为今陕西岐山西南），故称召公、召伯、召公奭。周武王逝后，其子周成王继位，姬奭担任太保。姬奭常在甘棠树下处理政务，贵族和平民都各得其所，政通人和。周成王逝后，姬奭辅佐周康王，开创了"四十年刑措不用"的"成康之治"，为周朝延续八百多年打下坚实基础。

"学优登仕，摄职从政。存以甘棠，去而益咏"便成为为官从政者的座右铭。甘棠，也成为清正的象征。特别是海棠到来之后，她更是携海棠一起，称道正直、仁厚、勤勉、清廉之为官者。譬如，在位于济南大明湖东北岸的为纪念曾巩而建的南丰祠内，就是先种植了甘棠，后又加种了海棠。江西南丰人曾巩（1019—1083）也是北宋文学家，为"唐宋八大家"之一，"唐宋八大家"是唐代韩愈、柳宗元和宋代欧阳修、苏洵、苏轼、苏辙、王安石、曾巩八位散文家的合称。曾巩曾经做过齐州（约为今济南）知州，为消除济南水患，疏浚了大明湖、开辟了北水门，官声颇佳。

海棠便伴着甘棠，以正气存内、邪不可干的品质，成为人们对清风正气的期盼和赞许。

柳花飞过，万物清明

春风骀荡，陌上花开，又是一年清明时。

二十四节气中，唯有清明，既是节气，又是节日。万物生长至此，气清景明，春意猛地透亮起来。

柳花，作为清明花信风的三候，在一候桐花、二候麦花之后，玲珑而至。

似花非花杨柳花

应和着清澈明朗的时节，柳花将一派点点嫩黄缀在清绿的枝叶间，只待东风吹来，便随风飘舞，把春光点亮播散。

作为杨柳科柳属落叶乔木杨柳（即垂柳）的花儿，柳花是实实在在的小花儿，"似花还似非花"。北宋医药学家寇宗奭在《本草衍义》里这样定义她："柳花即是初生有黄蕊者也。"柳花也不是柳絮，宋代诗人杨伯嵒的《臆乘·柳花柳絮》说得很清楚："柳花与柳絮迥然不同。生于叶间成穗作鹅黄色者，花也；花既褪，就蒂结实，其实之熟、乱飞如绵者，絮也。古今吟咏，往往以絮为花，以花为絮，略无区别，可发一笑。"明代医药学家李时珍也阐述得很专业："杨柳，纵横倒顺插之皆生。春初生柔荑，

即开黄蕊花。至春晚叶长成后，花中结细黑子，蕊落而絮出，如白绒，因风而飞。子着衣物能生虫，入池沼即化为浮萍。"

柳花也叫杨花，因着杨柳名字中含"杨"的缘故。杨柳向阳一般的光明性情和耐水湿、根密集、易繁殖、生长快、滞水缓流、挂淤落沙等特殊作用，让她成为"护堤固岸的优秀卫士"，古人特别推崇种植杨柳，"岸边多种柳，堤坡冲不走"。隋炀帝开凿运河时，曾下令群臣和百姓在运河两旁广种杨柳，后人称之为"隋堤柳"，坊间也有杨柳跟隋炀帝杨广之杨姓的传说，但其实不然，杨柳之"杨"是早就有的，"杨""柳"也同义。古典文籍中的"杨"是"柳"的一种，即蒲柳，中国古代最早的词典《尔雅》说："杨，蒲柳也。旄，泽柳也。柽，河柳也。"杨、旄、柽通谓之柳。《诗经·小雅·采薇》中的"昔我往矣，杨柳依依"之"杨柳"是柳树。源自《战国策》的成语"百步穿杨"的"杨"也是柳叶，"楚有养由基者，善射；去柳叶者百步而射之，百发百中"。神话传说里观音菩萨手持的"杨枝净水瓶"中，插着的也是柳枝。现代植物学意义上的杨在中国古代常被称作"白杨""青杨"。

跟随着杨柳，柳花也别具一格。她沉在燕雀的竞相亲近中，"雀啄江头黄柳花，鸂鶒瀺灂来鸣满晴沙"，这是唐代诗人杜甫在《曲江陪郑八丈南史饮》中赞她；"小玉阑干月半掐，嫩绿池塘春几家。鸟啼芳树丫，燕衔黄柳花"，这是元代散曲家张可久在《凭阑人·暮春即事》中赞她。她醉在人们的清吟浅唱里："暖日宜乘轿，春风堪信马。恰寒食有二百处秋千架。对人娇杏花，扑人飞柳花，迎人笑桃花。来往画船边，招飐青旗挂。"与关汉卿、马致远、郑光祖并称为"元曲四大家"的元代杂剧家白朴，在

《庆东原·暖日宜乘轿》中，把柳花与杏花、桃花和在一起吟诵，留住了清丽春光。

柳花确是留春之美好意象，她之留春，也合杨柳之意。从古至今，杨柳都有一种优雅的伤怀之美，柳与"留"谐音，人们常用折柳相赠、系柳相依等形式，表达思念、留恋、难舍、永不分离之意和"春常在"的美好祝愿，还觉得亲朋好友离别家乡正如离枝的柳条，希望他们到了新的地方，都能很快生根发芽，好似柳枝随处可活一样。

唐代诗人李白的《春夜洛城闻笛》："谁家玉笛暗飞声，散入春风满洛城。此夜曲中闻折柳，何人不起故园情？"唐代诗人雍裕之的《江边柳》："袅袅古堤边，青青一树烟。若为丝不断，留取系郎船。"这两首都是借杨柳寄托深情。

流金般的光彩里，杨柳已经升华为审美传统中的一个典型象征。柳花也在其中，盈盈欲飞。

闲捉柳花诗意图

柳花，更得孩童心。他们常常满心欢喜地追逐她拥抱她，想把她"捉"住。

古代有两位诗人，作诗描绘了孩童捉柳花那妙趣横生的场景。一位是唐代诗人白居易写的答刘禹锡诗："柳老春深日又斜，任他飞向别人家。谁能更学孩童戏，寻逐春风捉柳花？"另一位是南宋诗人杨万里写的《闲居初夏午睡起》："梅子留酸软齿牙，芭蕉分绿与窗纱。日长睡起无情思，闲看儿童捉柳花。"

还有什么比"捉"字，最能展现柳花之妙曼与生动的呢，在

"捉"中，柳花分明就是一个精灵古怪的小天使呀。瞧，那烂漫小童儿，或仰，或俯，或奔，或跑，随着柳花，撒出一路欢歌。一会儿工夫，那一抹小小的嫩黄就落到摊开的白嫩小手中了。又一会儿，那一抹小黄精灵儿不见了，明明刚才沾到衣襟上了呀。再转过圆圆脸儿，望望四周，那黄，不正在飘着吗？再等一会儿，哇，那小黄儿，又立在一片草叶上，微微笑着呢。

真是可爱至极的好时光。真喜欢这样至纯至简的时候。真想和这群小孩童们一起，一点一点地捉柳花，一寸一寸地看柳花，美成一幅好画。

画，还真是有的。明代画家周臣和仇英，就将杨万里和白居易的捉柳花，变成了画。诗画融合的意境，不仅让柳花之"捉"有趣，更令柳花之"闲"，富有深意。

周臣的《闲看儿童捉柳花句意图》根据杨万里的诗而作，绢本，设色，纵116.6厘米，横63.5厘米，现藏于台北故宫博物院。仇英的《人物故事图·捉柳花图》根据白居易的诗而作，绢本，设色，纵41.1厘米，横33.8厘米，现藏于北京故宫博物院。

山脚下，碧草间，翠柳低垂，捉柳花的孩童，身着一袭白袍闲立柳下、静观孩童嬉戏的雅士，超脱成空灵、忘情、动静皆宜的状态，栩然跃于周臣、仇英之画上，美得令人眼泪掉下来。

作为丰产画家，周臣流传至今的作品比较多。他有两个很有名气的学生——唐寅和仇英。两人的风格与周臣极为接近，还青出于蓝，在当时的名气已超过老师，特别是唐寅。后来有人为了牟利故意将周臣画上钤印挖去，假冒成唐寅之钤印。当然，现在国外市场上，周臣有些画的画价是超过唐寅的。

仇英出身贫寒，清代文学家张潮编纂的《虞初新志》说他：

"其初为漆工，兼为人彩绘栋宇，后徙而业画。"周臣赏识仇英才华，教他画画。明代文学家王世贞的《艺苑卮言》说："仇英者，号十洲，其所出微，常执事丹青，周臣异而教之。"仇英是靠努力和才华成为中国美术史上为数不多的平民画家的，与沈周、文徵明、唐寅被后世并称为"明四家""吴门四家"。仇英临摹宋人的画作，几乎可以乱真，例如《清明上河图》。仇英的画上，一般只题名款，极少写文字。对此，有很多人赞他像不破坏画面美感、为追求艺术境界的高人；也有人贬他文化程度不高，不能如唐寅那诗文画俱佳的人一样在画上作文题诗。

而柳花之"捉""闲"，清欢在眼里，静美在心中。人的世界里，没有"容易"二字，无数的辛苦，诸多的不如意，还有怀才不遇，甚至"怀璧其罪"，都流淌在岁月的风中。可以不忘记，却须得放下。一"捉"一"闲"，终令内心清朗明净。内心的清明，才是上等的人生。

周臣与仇英，师徒一场，共懂柳花之趣，都是情深之人。

柳花飘飞陋室铭

唐代文学家刘禹锡（772—842）则将柳花从"捉"与"闲"，带向"洁"。

他以《柳花词三首》，将柳花的格调与情趣、品格与精神徐徐道来。其一："开从绿条上，散逐香风远。故取花落时，悠扬占春晚。"其二："轻飞不假风，轻落不委地。撩乱舞晴空，发人无限思。"其三："晴天黯黯雪，来送青春暮。无意似多情，千家万家去。"

刘禹锡是有抱负的，他参与了永贞革新。永贞革新是唐顺宗时期官僚士大夫以反对宦官专权和藩镇割据，加强中央集权，革除政治积弊为主要目的的改革。主要人物是王叔文、王伾，两人都是顺宗在东宫时的老师，他们常与顺宗谈论唐朝的弊政，深得顺宗的信任。顺宗即位后，他们和刘禹锡、柳宗元等人一起，形成了以"二王刘柳"为核心的革新派势力集团。永贞革新持续时间一百多天，后因俱文珍等人发动政变，幽禁唐顺宗，拥立太子李纯，终以失败告终。永贞革新又称"二王八司马事件"，"二王"即王叔文、王伾，八司马指韦执谊、韩泰、陈谏、柳宗元、刘禹锡、韩晔、凌准、程异，他们在改革失败后，俱被贬为州司马。

《柳花词三首》是刘禹锡在永贞革新失败后，遭遇贬谪而作，他借题发挥，抒发自己壮志难酬的悲愤。刘禹锡选择柳花作为赞颂对象，真可谓别出心裁、眼光独到。柳花不仅美，还实用，柳花小小的模样，却含大大的功效。中国现存最早的药物学专著《神农本草经》说她可主治"风水黄疸，面热黑"。中国历代医家陆续汇集而成的医药学著作《名医别录》说她可主治"痂疥恶疮金疮"。唐代医药学家甄权说她"主止血，治湿痹，四肢挛急，膝痛"，捣汁服用即可。

除了柳花，杨柳的其他部分也很有用，柳树皮能够解热镇痛，柳叶可治足跟疼痛，柳枝是传统的接骨妙药，柳根能消肿止痛，柳絮可以治牙痛。她最让人熟知的，是她和治疗发热或疼痛的药物阿司匹林的关系，阿司匹林的发明起源于她。聪明的人儿常常善用杨柳，有点这样那样疼痛的小毛病，他们是不会去看医生的，自己用杨柳整一整，就好了。

柳，总在刘禹锡心中，在几经贬谪的过程中，只要有杨柳，他都觉得可心，那篇著名的《陋室铭》的创作里，也有杨柳做铺垫。清代文学家陈廷桂的《历阳典录》载："陋室，在州治内，唐和州刺史刘禹锡建，有铭，柳公权书碑。"

也有记载称，刘禹锡被贬至安徽和州时是当一名通判。按规定，通判应在县衙里住三间三厢之房，可是和州知县见刘禹锡为贬官，故意刁难，先是安排他在县城南门面江而居。刘禹锡没有怨言，还随意写下一副对联贴在门上："面对大江观白帆，身在和州思争辩。"知县知道后很生气，便又安排差役把他的住处迁到县城北门，面积由原来的三间减少到一间半。新居位于德胜河边，附近垂柳依依，刘禹锡仍不计较，且见到杨柳，更触景生情，在门上贴了一副对联："垂柳青青江水边，人在历阳心在京。"知县就派人把他调到县城中部，而且只给一间仅能容下一床、一桌、一椅的小屋。半年时间里，刘禹锡被迫搬家三次，面积一次比一次小，最后仅是斗室，遂愤然提笔写下《陋室铭》：

"山不在高，有仙则名。水不在深，有龙则灵。斯是陋室，惟吾德馨。苔痕上阶绿，草色入帘青。谈笑有鸿儒，往来无白丁。可以调素琴，阅金经。无丝竹之乱耳，无案牍之劳形。南阳诸葛庐，西蜀子云亭。孔子云：何陋之有？"

世间的阴暗污浊，终究抵不过光明畅达。

除了《陋室铭》，我喜欢的还有刘禹锡的《竹枝词》："杨柳青青江水平，闻郎江上踏歌声。东边日出西边雨，道是无晴却有晴。"屡遭贬谪的他，依然有豁达心境对着江岸垂柳抒写女子对心中男子的殷殷情怀。

柳花，也明亮在青青杨柳中，凝望世间有情人，绵长了柔柔时光。

雨生百谷,花开荼蘼

"播谷降雨,雨生百谷",谷雨,在如烟春雨中悄然降临。

谷雨是二十四节气的第六个,也是春季最后一个节气。谷雨过后,二十四番花信风就过去了。于是,谷雨的花信风"一候牡丹、二候荼蘼、三候楝花",作为年度花信风之总结,格外让人留恋和难忘。

荼蘼位列其中,她的诗情画意,她的独特秉性,尤其令人心生怜爱。

身世纷纭荼蘼花

"一年春事到荼蘼,香雪纷纷又扑衣。尽把檀心好看取,与留春住莫教归。"

荼蘼,在中国古代曾被反复吟诵,宋代诗人任拙斋的这首《荼蘼》即是代表。

那么,荼蘼到底是什么样的呢?

早在明代,园艺学家王象晋(1561—1653)编撰的、被誉为中国17世纪初农学巨著的《群芳谱》就已把荼蘼详细描绘了:"酴醾,一名独步春,一名百宜枝杖,一名琼绶带,一名雪缨络,

一名沉香蜜友。藤身，灌生，青茎多刺，一颖三叶如品字形，面光绿，背翠色，多缺刻，花青跗红萼，及开时变白带浅碧，大朵千瓣，香微而清，盘作高架，二三月间烂漫可观，盛开时折置书册中，冬取插鬓，犹有余香。本名荼蘼，一种色黄似酒，故加酉字。"

也有学者把荼蘼与蔷薇、木香当成同种植物，例如跟王象晋同一时代的王世懋（字敬美）。宋代作家张邦基也在《墨庄漫录》中说："酴醾花或作荼蘼，一名木香，有二品。一种花大而棘，长条而紫心者为酴醾；一品花小而繁，小枝而檀心者为木香。"

对此，《华夷花木鸟兽珍玩考》这样说明："王敬美《学圃杂疏》，乃疑酴醾为白木香，不知陶学士榖云，洛社故事，卖酴醾、木香插枝者，均谓百宜枝杖，二花并列，岂能无别耶？"意思是说，王敬美怀疑酴醾为白木香，可见他不曾见过酴醾。北宋大臣榖（903—970）所著的《清异录》说："酴醾木香，事事称宜，故卖插枝者云'百宜枝杖'，此洛社故事也。"据此，《华夷花木鸟兽珍玩考》认为，既然酴醾木香并列，就不可能是同一种植物。

清代学者李渔也认为荼蘼和蔷薇、木香等花儿是各自独立存在的，不能混为一谈，他在《闲情偶寄》中点出了她们的区别："荼蘼之品，亚于蔷薇、木香，然亦屏间必须之物，以其花候稍迟，可续二种之不继也。"也就是说，荼蘼开得比蔷薇、木香都晚一些。

不过，《中国植物志》却没有正式收入"荼蘼"这一物种，而是把她作为一些蔷薇科植物的别称：香水月季别名"黄酴醾"；重瓣空心泡别名"荼蘼花"。书中记载："重瓣空心泡，花重瓣，白色，芳香，直径3—5厘米，花期5—7月。通常庭园栽培供观赏。在陕西和云南（大理雪人峰半山）均采到标本。印度、印度尼西亚、马来西亚也有分布。"《中国植物志》是当代世界上最大型、种类最丰富的著作，全书80卷126册，5000多万字，是基于中国80余家科研教学单位的312位作者和164位绘图人员80年的工作积累、45年的编撰才得以完成的，记载了中国301科3408属31142种植物的科学名称、形态特征、生态环境、地理分布、经济用途和物候期等。

也有人提出，真正的荼蘼，是由木香花与金樱子杂交而成，于唐宋之际培育成功。因此，宋代产生了荼蘼文化，荼蘼成为宋朝独特的文化符号。但后来，也许是因为逐渐变种，荼蘼变了。

荼蘼的气质，便在一片纷纭中，越发雅致神秘起来。其实，荼蘼就是荼蘼，不是其他，无可替代。荼蘼二字最早作"酴釄""酴醾""酴醿"，是指重酿之酒，荼蘼的花色和香味与酒近似，花瓣和果实也可制酒，故而有了这个名字。2001年，商务印书馆出版的"修订版"《新华字典》对"荼蘼"的注释是："落叶灌木，茎有棱、刺，落叶羽状复叶，花白色，供观赏。也作酴醾。"荼，本义为苦菜，也叫茅草白花，多用来形容女子容貌；蘼也作蘪，意为蘼芜，是一种草名。荼蘼的模样，别有风味："其茎叶靡弱而繁芜，故以名之。""其叶似当归，其香似白芷。"她的花儿一般为白色或米黄色，有藤蔓，攀附而生。荼蘼的香味，更是迷人：那香味花儿是很好的蜜源，可以提炼香精油。

荼蘼的文艺范儿，贯穿古今。

荼蘼架下"飞英会"

荼蘼鲜活在宋代。

宋代以前的文献里，几乎找不到关于荼蘼的记载。有人做过统计，浩如烟海的唐诗中，荼蘼只出现过两三次；而在宋诗中，却有140多位诗人歌咏荼蘼，创作的诗词多达450余首。

荼蘼之所以如此受青睐，是因为她已经融入了宋人的生活。那灵动飘逸的游枝蔓条，可以"延蔓庇覆，占庭之大半"，形成青翠帷幕，如北宋文学家张耒的《咸平县丞厅酴醾记》所载一样。张耒另有《夏日七首》（之一）写道："两架酴醾侧覆檐，夏条交映渐多添。春归花落君无恨，一架清阴恰满帘。"荼蘼成帘，于喧嚣尘世中隔出一处清静之所，赏完一季花，又遮一季阴，至炎炎夏日之时，在其中纳凉、散步、读书、作画，该是多么温柔多么美。

韶华美景中，能饮一杯无？荼蘼与酒，便有了理不清的关系。宋代医药学家朱肱还在《北山酒经》详细记载了宋时洛中调制酴醾酒的方法："七分开酴醾，摘取头子，去青萼，用沸汤绰（焯）过，纽（扭）干，浸法酒一升，经宿，漉去花头，匀入九升酒内。此洛中法。"用酴醾酿制美酒在宋诗中也颇有反映，如，北宋文学家苏轼的《荼蘼洞》"分无素手簪罗髻，且折霜蕤浸玉醅"；郭印的《酴醾阁》"况此偏宜酿，逢人问酒方"；等。

南宋诗人杨万里（1127—1206）却不喜欢将荼蘼与酒相提并论，他一生作诗2万多首，传世作品4200首，有10多首与荼蘼有关，其中有诗写道："以酒为名却谤他，冰为肌骨月为家。"唯恐跟酒扯到一起，玷污了荼蘼的清白。

而将荼蘼赏到"至雅"境地的，当属北宋文学家、翰林学士范镇（1007—1088）。

《诚斋杂记》记载：范蜀公居许下，造大堂，名以长啸，前有酴醾架，高广可容十客。每春季花繁芜，客其下，约曰，有飞花堕酒中者嚼一大白，或笑语喧哗之际，微风过之，满座无遗，时号"飞英会"。

春末荼蘼繁盛之时，宴请宾客于荼蘼架下，把酒畅叙。笑语喧哗中，荼蘼飞花落在谁的酒杯里，谁就把杯中酒饮尽。微风过处，片片荼蘼落瓣像纷飞的雪花一样，洒在杯中、案上、座中人的衣襟上，满座醇香，让人分不清是花香还是酒香。那样的场景，实在有着清雅到极致的风流，较之王羲之的"曲水流觞"有过之而无不及。

范镇是当时非常严肃的政治家，以直言敢谏闻名。在政治上，范镇支持司马光，与立志变法的王安石不和，曾五次上呈奏疏，其后又指责王安石以自己的喜怒哀乐作为奖赏惩罚的标准。王安石大为恼怒，亲自起草制书反制范镇。范镇以户部侍郎提前退休。

不独范镇，司马光也很喜爱荼蘼，想必他也是范镇"飞英会"的常客吧，他在《南园杂诗六首·修酴醾架》中写道："贫家不办构坚木，缚竹立架擎酴醾。风摇雨渍不耐久，未及三载俱离披。往来遂复废此径，举头碍冠行缱衣。呼奴改作岂得已，抽新换故拆四篱。来春席地还可饮，日色不到香风吹。"园中的荼蘼架倒了，曲径不通，走过时挂衣挂帽，碍手碍脚，只好唤来家仆一起修缮，为的是来年春天可以席地坐在架下喝杯酒啊。琐碎的叙述中，闲适之态可掬。

与司马光、范镇政见不同的王安石，也对荼蘼有着特别的爱。他作有《池上看金沙花数枝过酴醾架盛开二首》，其一："故作酴醾架，金沙祇谩栽。似矜颜色好，飞度雪前开。"其二："酴醾一架最先来，夹水金沙次第栽。浓绿扶疏云对起，醉红撩乱雪争开。"他还写有《酴醾金沙二花合发》，其中有"碧合晚云霞上起，红争朝日雪边流"的佳句。

这些政治风云中围绕变法而针锋相对的主角，于政治之外都同样会享受生活啊。想来，那些古代官员，都是可爱有味、富有境界和情趣的，在做官的同时，舞文弄墨，花下醉酒，从来就懂得人生之真谛。

开到荼蘼花未了

因为宋代文人对荼蘼非同一般的喜爱，荼蘼成了清、雅、韵的代表，北宋文学家晁无咎甚至说酴醾应该取代牡丹成为"花王"。

然而，由于开在暮春，荼蘼还被人们赋予了另一种情感，被说成是伤感颓废的花，"三春过后诸芳尽"，她的盛开意味着春天的结束。任拙斋那首"一年春事到荼蘼"也是这个意思，感伤春光流逝、花季不再，希望"与留春住莫教归"。而更具代表性的当属王淇的那句"开到荼蘼花事了"了，从字面上看，诗句的意思是：等到荼蘼开过，就再也没有花什么事了。因此，荼蘼被认为是"末路之花"，代表韶华胜极、群芳凋谢之意。

清代文学家曹雪芹也持着这种看法，他在《红楼梦》第六十二回前半部分《寿怡红群芳开夜宴死金丹独艳理亲丧》中写道：湘云便抓起骰子来，一掷九个点，数去该麝月。麝月便掣了一根（签）出来，大家看时，上面是一枝荼蘼花，题着"韶华胜极"四字，那边写着一句旧诗，道是："开到荼蘼花事了。"注云："在席各饮三杯送春。"麝月问："怎么讲?"宝玉皱皱眉儿，忙将签藏了，说："咱们且喝酒罢。"

因为想着荼蘼的负面情感，宝玉才在别人没反应过来时赶快把签藏了，连叫"喝酒喝酒"，把众人的注意力岔开。而曹雪芹巧妙地运用这个情节，暗示贾府将盛极而衰、大观园里的女孩们将以悲剧命运收场。

那么，王淇的"开到荼蘼花事了"到底是不是带有这么强烈的伤感情绪呢？我们不妨看看原诗。

古籍中关于王淇的记载，只有寥寥数语："王淇，字菉漪。与谢枋得有交……"王淇不是北宋礼部侍郎王琪（字君玉），王菉漪比王君玉晚生了两百年左右。因为谢枋得生于1226年，卒于1289年，王菉漪既然与他有交，那就属同一时期的人。

谢枋得是南宋末年一位跟文天祥有同样气节的人，宋亡后被俘到元大都（约为今北京），绝食而死，他在文学上的一大成就是重新编辑了《千家诗》。《千家诗》原名《分门纂类唐宋时贤千家诗选》，为南宋诗人刘克庄（1187—1269）编辑。谢枋得对其有整理增删，其中就收录了王淇的两首诗，包括《春暮游小园》："一从梅粉褪残妆，涂抹新红上海棠。开到荼蘼花事了，丝丝天棘出莓墙。"

当梅花零落，像卸去粉妆时，海棠花就开了，又宛若少女刚刚涂抹了新红一般艳丽。等到荼蘼开过，一季的花儿都开完了，

春 / 051

这时又会有丝丝缕缕的天棘的藤蔓爬过那莓墙。

联系王淇全诗语境，哪里有"韶华胜极，群芳凋谢"之感叹呢？分明是表达春天刚过、夏天就已来临之胜景，突出大自然中鲜花层出不穷、欣欣向荣之意。梅花落下，海棠会红；海棠谢了，荼蘼花开；荼蘼开过，夏天到来。夏天又有各种各样的花儿，石榴花、荷花，秋天还有菊花，冬天还有蜡梅，哪里会"开到荼蘼花事了"呢？

唯四季轮替、时节变换、循环往复、生生不息而已。

夏

実

初夏，想起那个最懂青梅的曹操

初夏时节，江南的梅雨还没有落，青青的梅挂满枝头，是为青梅。

立夏日，古人会举行各种仪式来迎接夏天。帝王的迎夏仪式正式而隆重，表达祈求天下太平、五谷丰登的强烈愿望，而民间有祭神、尝新的传统。尝新即品尝时鲜，如夏收麦穗、金花菜、樱桃、李子、青梅等。先请神明、祖先享用，然后亲友、邻里之间互相馈赠。

青梅，跳跃在这神奇而盛大的礼仪中，氤氲在初夏的风雨中，出落得更加清新、青碧、俏丽，浑身上下，更见风致了。

古往今来，与青梅相关的人和诗句多得难以赘述，但最懂青梅的非三国时期曹操莫属。

望梅止渴是曹公

明代医药学家李时珍说："梅，古文作呆，象子在木上之形。梅乃杏类，故反杏为呆。书家讹为甘木。后作梅，从每，谐声也。"作为龙脑香科青梅属乔木，青梅树高约20米，长圆形的碧绿的叶儿，或纯白或淡黄或浅粉的花儿，球形的果儿相继成长、

盛开、结果，让树儿茂密繁实，姿态昂然。

当这玲珑雅致的青果儿在枝头展露笑颜时，人们便会想到三国时期的曹操。青梅，也被称为曹公。北宋政治家、科学家沈括在《梦溪笔谈》中说："吴人多谓梅子为'曹公'，以其尝望梅止渴也。"

曹操，无疑是真懂青梅的人。在一次征战途中，道上缺水，将士皆渴，他便心生一计，以马鞭往前虚指一下，说："前面有一大片梅林，树上的梅子又酸又甜，吃上一颗就可以解渴了。"将士闻之，口中都生出唾液，感觉好像不那么渴了，便振作起来，继续前行，终于到了有水的地方。这个故事被南朝宋时期文学家刘义庆记录在《世说新语》中："魏武行役，失汲道，三军皆渴，乃令曰：'前有大梅林，饶子，甘酸可以解渴。'士卒闻之，口皆出水，乘此得及前源。"

"望梅止渴"，真是太贴合人的生理状况了，因为味过于酸，以至于青梅只要被嘴儿念出、在脑海中闪现，就会有津液不由自主地从口中泛出，慢慢浸润口舌、心脾。她确实能够生津止渴、调中除烦、醒神开胃，她的这些特点也同中国古代唯物哲学的核心阴阳五行相吻合。在五行"木、火、土、金、水"中，肝属木，"木曰曲直"，木生酸，酸生肝，青梅得木之气，与肝胆有关联。李时珍将其中缘由解释得很清楚："梅，花开于冬而实熟于夏，得木之全气，故其味最酸，所谓曲直作酸也。肝为乙木，胆为甲木。人之舌下有四窍，两窍通胆液，故食梅则津生者，类相感应也。"

当初夏的慵懒困倦昏昏袭来，性味酸平的青梅是提神的最佳选择，只是，对于青梅，一般不宜单独或过多食用，否则容易损齿、伤筋、蚀脾胃，有血瘀和气滞的人更是不能多吃青梅。味道苦涩的青梅就完全不要食用了，因为苦涩青梅有毒，食用后对身体有损害，严重时甚至会危及生命。古人常常把青梅加工成乌梅、白梅，"取青梅篮盛，于突上熏黑"，即成乌梅，"若以稻灰淋汁润湿蒸过，则肥泽不蠹"。"取大青梅以盐汁渍之，日晒夜渍"，十日即成白梅，因"久乃上霜"，白梅还叫盐梅、霜梅。乌梅、白梅和青梅的功效相似，还都兼具美容养颜的效果。

曹操对青梅情有独钟，与他的第三位夫人卞夫人有关。卞夫人在自己家乡的时候，喜爱青梅，随曹操迁入河南许昌后，没有机会欣赏和品尝青梅了，忍不住长吁短叹。曹操见状，忙派人从乡村移来许多梅树，种在相府附近的九曲河畔，形成一片梅林。每到梅子成熟，满园馥郁芳香，令人心花怒放。卞夫人也陶醉于梅海之中。曹操还用耐腐、耐湿的梅木，在梅林里建造了一间小亭，亲笔书写匾额"青梅亭"。

曹操对出身倡家、曾以歌舞伎为生的卞夫人如此用心，除了被她的容貌和技艺吸引，还感动于她的有谋有识。当年，曹操刺杀董卓未遂，有人传出曹操已死的谣言，曹家上下大乱，很多旧部准备离去，是卞夫人站出来挽留，她说："曹君吉凶未可知。今日还家，明日若在，何面目复相见也？正使祸至，共死何苦！"她的真情留住了旧部，为曹操保存了力量。

于是，恋恋的情怀，和着青青的梅子，在颠沛流离的乱世中，历经磨难，散发出瑰丽的光芒。

青梅煮酒论英雄

"煮酒青梅次第尝，啼莺乳燕占年光。"青梅，煮酒，相融在南宋诗人陆游的《初夏闲居》里，惊艳了时光。

曹操，早已隐在那一片光辉中。除了留下"望梅止渴"的成语外，还有一个"青梅煮酒论英雄"的典故广为流传。刘备未成气候时，在许昌被尊为皇叔，曹操邀刘备共饮，就青梅，饮煮酒，谈论天下英雄。不过，曹操并不是把青梅与酒同煮，而是用青梅作为下酒的小吃。古人在喝酒之前喜欢将酒煮一下，酒通常被叫煮酒或温酒。青梅是被作为佐酒之物来食用的。元末明初小说家罗贯中著的《三国演义》第二十一回中描述得很清楚："随至小亭，已设樽俎：盘置青梅，一樽煮酒。"当然，后来也有把青梅和酒一起煮制、泡制、加工，变成酒的，但那就叫作"青梅酒"了。

初夏时节，适当饮些酒，可以行气、活血、预防心病发生，"夏气与心气相通"。酒，为水谷精液所化之物，能够调和气血、畅通阴阳、内助中气、捍御外邪、辟秽逐恶。中国第一部博物学著作、西晋文学家张华编撰的《博物志》上就记载了一个这样的故事："王肃、张衡、马均三人，冒雾晨行。一人饮酒，一人饱食，一人空腹。空腹者死，饱食者病，饮酒者健。此酒势辟恶，胜于作食之效也。"说的是王肃、张衡、马均三人在行路的途中遇到了瘴气。瘴气是南部、西南部地区山林间湿热蒸郁致人疾病的有毒气体，多是热带原始森林里动植物腐烂后生成的毒气。当时，饿着肚子的人死了，吃饱了饭的人病了，只有喝了酒的人依然健康。由此足见酒的强大。典籍上还有"酒以治疾"的记载，古代医生在治病时大多会用到酒，酒与药同用时，能更好地发挥药物的药效，就连古代酿酒的目的之一都是为了作为药用。

这被称为"杜康"的液体还能够润容颜、消忧愁。唐代医药学家陈藏器说酒能"通血脉，厚肠胃，润皮肤，散湿气，消忧发怒，宣言畅意"，唐代医药学家孟诜说酒能"养脾气，扶肝，除风下气"，等等，都证实了这一点。难怪有"何以解忧，唯有杜康"之说。

当然，饮酒之妙，在于适量饮用后轻松的感觉。过饮伤身，轻则伤人脾胃，重则损人神气。春秋战国时期，医药学家扁鹊就说过"过饮腐肠烂胃，溃髓蒸筋，伤神损寿"。唐代医药学家孙思邈也特别强调："饮酒勿大醉，诸疾自不生。"

古代的酒，因为酿造工艺等方面的原因，常常略显混浊，故古人常称之为浊酒。享一樽浊酒时，他们喜欢选择一些清新的下酒之物，用来怡情化浊。青梅，便是理想之物。青梅佐酒，还能令气血流通、心脉无阻。青梅的酸，借着酒的香，荡漾开来，别有一番舒爽滋味涌上心头。青梅煮酒，成为了古代一种例行的节令性饮宴活动。

曹操就在青梅园的青梅亭中，对刘备说了那句豪气冲天的话："今天下英雄，唯使君与操耳！"爽朗的笑声，令青梅在枝头叶尖舞蹈，掀起直冲云霄的浪漫音符；令酒像了山间清泉，汩汩地从心底奔涌出来。曹操的从容、狡黠、试探，刘备的伪装、周旋、机智，演绎出来的一场无声的刀光剑影，全浸染了梅香和酒香，直至肝胆、心脾。

青梅煮酒，几乎是天下英雄和风雅之士都热爱的场面。青梅，也早已在滚滚长江东流水中，和着浪花，淘尽英雄。

郎骑竹马绕青梅

青梅的情谊，和竹马联在一起，才是最纯真的。

想那天真烂漫的年华中，你以一根长竹为马骑来，和我一起赏玩青梅，二人纯洁无瑕、毫无猜忌，那是多么令人留恋的青青时光呀。"郎骑竹马来，绕床弄青梅。同居长干里，两小无嫌猜。"唐代诗人李白一首《长干行》，借一位商人之妻对小时候与玩伴亲昵嬉戏的回忆，道尽那青梅时节的难忘韶华。

曹操也是有"青梅竹马"的，且那"弄青梅"的女子也不一般，是天生丽质、博学多才、尤善诗赋、精通音律、声名远扬的蔡文姬。蔡文姬，名琰，字明姬，后因避司马昭的名讳，改为文姬。蔡文姬是东汉文学家、书法家、左中郎将蔡邕的女儿。曹操曾做过蔡邕的学生，常常出入于蔡邕府上，按照辈分跟年龄算，蔡文姬是曹操的学妹。

有曹操这样的"骑竹马郎"，蔡文姬还是应该感到庆幸的。她初嫁当时河东望族卫家的卫仲道，不久因丈夫去世回到娘家；南匈奴入侵时，她又为匈奴左贤王所掳，生育了两个孩子。幸而曹操念念不忘师恩和年少深情，在统一北方后，派使者携带黄金千两、白璧一双，把流落在南匈奴的她赎了回来，让她嫁给董祀，并对她和董祀的生活也给予了接济和帮助。曹操的帮助，还让蔡文姬可以坚持发挥自己的才华，蔡文姬归汉后作有《悲愤诗》两首，一首为五言体，一首为骚体，其中五言的那首侧重于"感伤乱离"，是中国诗歌史上第一首文人创作的自传体长篇叙事诗。曹操的儿子曹植和后来的唐代诗人杜甫的五言叙事诗等都深受了蔡文姬的影响。

曹操成为蔡文姬坎坷命运里的一道光,让青梅竹马闪耀在历史的注视中。相比较而言,唐琬的青梅竹马,就太黯淡了。

唐琬和陆游从青梅竹马走入婚姻,婚后因陆母的不断反对等原因而分离。各自再婚后,某一年在沈园偶遇,分别在墙上题词与和阕表达感伤。唐琬感伤,28岁便抑郁而终。陆游也感伤着吧,至85岁而终,那《钗头凤》里的"错、错、错,莫、莫、莫"什么的,真是伤不起。

世间的好女子,都曾如刚刚盛放的青梅,笼了一弯如烟的眉眼,灵动着羞涩的情愫;怯怯的欢喜,随着发丝轻扬;扬眉的瞬间,冰清玉洁的意境被素墨清描。这世上每一位好女子啊,谁不想被善待、被厚爱、成为被捧在手心里的宝呢?

曹操是懂得的,他有所为、有所不为。他对蔡文姬是既敬重又爱慕,才有了以重金赎回蔡文姬的举动。但他没有娶其为妻。

青梅,总是芳香如故的。她隽永深长地生长在自己的季节里,温暖了那不染红尘阡陌的目光。

小满时节话枇杷

"乳鸭池塘水浅深,熟梅天气半晴阴。东园载酒西园醉,摘尽枇杷一树金。"

伴着南宋诗人戴复古色调明丽的田园诗《初夏游张园》,枇杷以黄澄澄的果实和着绿油油的叶儿,飞扬在小满时节。她的款款而至,宛若大珠小珠落玉盘,又仿佛随同卢橘次第新,于轻烟深处,熟成一树金黄。

枇杷不是琵琶?

枇杷与琵琶,是伴着笑话出场的。

最脍炙人口的,是明代小说家冯梦龙记录在笔记小说《古今谭概》里与明代万历年间袁太冲、莫廷韩、屠赤水三个好朋友有关的故事。这天,莫廷韩去拜访袁太冲,正巧看见袁太冲客厅的桌子上放着一张礼帖,上面写着"琵琶四斤",实物却是枇杷,二人相与大笑。这时屠赤水也来了,得知所以然后,也跟着大笑,并且吟道:"枇杷不是此琵琶。"没等他继续,袁太冲紧随着往下接:"只为当年识字差。"莫廷韩也不甘示弱:"若使琵琶能结果,满城箫管尽开花。"

就这样，所谓"白字先生"被很有文化地嘲笑了一番。只是，笑过之后，竟觉有点心累，不知"白字先生"是送枇杷者，还是为送枇杷者写字的人，总之，送枇杷者貌似没有得到应有的感谢。

实际上，枇杷最早是被唤作琵琶的。琵琶本是游牧民族的乐器，秦时传入中土。胡人常骑在马上弹奏琵琶，在古代，敲、击、弹、奏都称为鼓，由此为"马上所鼓也"。琵琶弹奏的手势主要为批和把，批即往外推向前弹出，把即向内收往后挑起，因演奏特点，琵琶被称为"批把"，东汉经学家刘熙将此记载于训诂著作《释名》中："批把本出于胡中，马上所鼓也。推手前曰批，引手却曰把，象其鼓时，因以为名也。"又因为琴身是木质的，琵琶从木而作"枇杷"。

这个时期，人们把一种形似乐器"枇杷"的植物也称为"枇杷"，枇杷的叶子是最像琵琶的，宋代医药学家寇宗奭说："其叶形似琵琶，故名。"古代琵琶的琴身是圆形的，后来经过改进变成了梨形，都与枇杷椭圆形的果实相似。

到了汉代末年，乐器"枇杷"被改称为"琵琶"，这也是为了与琴、瑟之类乐器字形、结构相统一，"枇杷"终于成了植物枇杷的专属名字。两个词用于书面时不易混淆，相同的读音偶尔还是容易造成误会。

如此，再来看"枇杷不是此琵琶"，就不禁汗颜。有时候，人们以为成功地嘲笑了别人，其实被嘲笑的对象也许就是自己。当然，还有一种可能，即"白字先生"确实不解古意，把枇杷错写成了琵琶。

枇杷和琵琶，便有了理不清、剪还乱的情愫，于嘈嘈切切错杂弹时，牵引出喜欢品尝枇杷的汉代女子王昭君。当年，她被选去与匈奴首领呼韩邪单于和亲，登程北去的路上，黄沙翻滚，马儿嘶鸣，她心绪难平，便在坐骑上拨动琵琶，奏起自己的悲伤。凄婉悦耳的琴声，美艳动人的女子，使南飞的大雁忘记扇动翅膀，纷纷跌落下来，王昭君由此获得"落雁"雅称，与"沉鱼"西施、"闭月"貂蝉、"羞花"杨玉环并称中国古代四大美女。

昭君出塞的缘由，也作为一个更大的笑话，收录在汉代学者刘歆著、东晋医药学家葛洪辑抄的古代历史笔记小说集《西京杂记》中。当时，汉元帝因后宫女子众多，懒得一一召见，就叫画工画了像来，看画像之美丑来决定召见与否。很多宫女贿赂画工，以期被画得漂亮而得到宠幸。王昭君却不肯行贿，所以她的像被画得最差。呼韩邪来求亲时，汉元帝也按图选了个"丑陋的"王昭君送去。直到呼韩邪携王昭君辞行时，汉元帝才发现王昭君容颜靓、气质佳，不觉追悔莫及，狠狠追究下来，把毛延寿、陈敞等画工杀了。

"虽能杀画工，于事竟何益？耳目所及尚如此，万里安能制夷狄"，北宋政治家、文学家欧阳修的《明妃曲再和王介甫》，尖锐地道出了这笑话沉重而荒唐的本质。"千载琵琶作胡语，分明怨恨曲中论"，杜甫也将王昭君的悲愤，叹在《咏怀古迹》中。

王昭君出塞在外，是很难吃到枇杷了。

枇杷门=烟花巷？

枇杷的模样，是吉祥可爱的。

北宋医药学家苏颂细致地描绘过她："木高丈余，肥枝长叶，大如驴耳，背有黄毛，阴密婆娑可爱，四时不凋。盛冬开白花，至三四月成实作梂，生大如弹丸，熟时色如黄杏，微有毛，皮肉甚薄，核大如茅栗，黄褐色。"

树形整齐、树冠坚挺、枝叶繁茂、常年不凋，枇杷早已是富足的象征，累累金果枝头展芳华时，又令枇杷更显贵气。人们喜欢把她种植在庭院中。作为蔷薇科枇杷属常绿小乔木，枇杷可以美化环境、净化空气，果、叶、花、根等，还可以止咳化痰、和胃降气、清热解毒。

近代民主革命志士秋瑾的祖父秋嘉禾就善用枇杷。清代光绪年间，他两度在福建云霄任职，经常取当地盛产之枇杷的花、叶、根置于住地，供百姓煮水饮用，以治疗感冒咳嗽、肺胃盛热、口干舌燥等症。他常说，这是世间自然之良药，既能省钱又能治病。

秋嘉禾是真懂枇杷的。他知道要选择形态和光泽度良好、没有破损的枇杷叶洗净并经过严格炮制才能使用，如南北朝刘宋时期医药学家雷敩所说："凡采得，秤湿叶重一两，干者三叶重一两，乃为气足，堪用。粗布拭去毛，以甘草汤洗一遍，用绵再拭干。每一两以酥二钱半涂上，炙过用。"还如明代医药学家李时珍的补充："治胃病以姜汁涂炙，治肺病以蜜水涂炙，乃良。"想来，现代一些枇杷糖浆之类制品，疗效欠佳，就是因为炮制等方法没有到位啊。

唐代诗人薛涛也懂得枇杷。出身官宦之家的她，因14岁时父亲病故，她和母亲的生活陷入困境而不得已于16岁加入乐籍，凭借"容姿艳丽、通音律、善辩慧、工诗赋"，被出任剑南西川节度使的韦皋看中。20岁时，她脱去乐籍，成为自由身，寓居于成都西郊浣花溪畔。从那时开始，她在院子里种下枇杷，用枇杷花酿蜜、煮茶、制酒，将枇杷花蜜美容护肤，把枇杷果当小吃，开启了诗酒人生。唐代诗人王建作诗《寄蜀中薛涛校书》称赞她："万里桥边女校书，枇杷花里闭门居。扫眉才子知多少，管领春风总不如。"

女校书就是薛涛，当初，韦皋重视她的才华，拟奏请唐德宗授薛涛以秘书省校书郎官衔，校书郎的主要工作是撰写公文和典校藏书，官阶仅为从九品，门槛却很高，只有进士出身的人才有资格担当此职。唐代诗人白居易、王昌龄、李商隐、杜牧等都是从这个职位做起的，历史上还从来没有女子担任过校书郎。格于旧例，韦皋的意愿未能实现。薛涛又实际承担了这个职位的工作，人们也称之为"女校书"。

枇杷陪伴着薛涛，诗意地栖息了二十多年。42岁那年，在薛涛以为自己早已波澜不惊的时候，碰到了出仕蜀地的31岁诗人元稹。这一碰，撞出了三个月波涛汹涌的恋情。之后，薛涛搬离了种满枇杷的院子。

想那三个月，对那个作诗"曾经沧海难为水，除却巫山不是云"的元稹而言，也许只是一瓢水、一朵云；而对薛涛就是一生。

可惜了那满院的枇杷。因薛涛的枇杷院，有人把"枇杷门巷"喻为烟花女子居住地。不过，这种说法至今都用得很少。枇杷依然以白花、绿叶、金果之貌，独显高洁。

卢橘就是枇杷？

枇杷，也是有毒的。

她的毒，主要来自她的果核。

枇杷果实的核仁中，含有有毒成分苦杏仁甙，中毒的潜伏期一般为1至2小时，初期一般表现为口苦涩、流口水、头晕、头痛、恶心、呕吐、心慌、四肢无力，继而出现心跳加速、胸闷、呼吸急促、四肢肢端麻痹，严重时呼吸困难、四肢冰凉、昏迷惊厥，甚至出现尖叫，口中泛出苦杏仁味，最终意识丧失、瞳孔散大、牙关紧闭、全身阵发性痉挛，因呼吸麻痹或心跳停止而死亡。

所以，享用枇杷时，一定不要食用她的核仁。

当令人微醺的风儿吹来，适量吃些枇杷果肉，才是惬意的。枇杷果肉富含果胶、纤维素、胡萝卜素、苹果酸、柠檬酸、钾、磷、铁、钙及维生素A、B、C等营养物质。细细剥开薄薄果皮，慢慢啜住柔柔果肉，任甘甜平和中带着微酸的果汁缓缓滋养身心，神清气爽的境界就达到了。而枇杷挂果量较少、产量较低，就算在时令季节，可供食用的也不多，更让她弥足珍贵。

北宋文学家苏轼也喜欢枇杷，他有不少诗还令枇杷与卢橘之间，变得"情深深，雨蒙蒙"，如"罗浮山下四时春，卢橘杨梅次第新""客来茶罢空无有，卢橘杨梅尚带酸"，苏轼把枇杷等同卢橘。后来一些书籍也跟着注释："枇杷又名卢橘。"

其实，枇杷是枇杷，卢橘是卢橘，中间不能画等号。李时珍说卢橘："生时青卢色，黄熟则如金，故有金橘、卢橘之名。卢，黑色也。或云,卢,酒器之名,其形肖之故也。注文选者以枇杷为卢橘,误矣。"他还借西汉文学家司马相如在《上林赋》所说"卢橘夏熟,枇杷橪柿"做进一步解释:"以二物并列,则非一物明矣。"几样东西并列陈述,可见不是一物也。

苏轼一定是吃得快乐,也没有去深究名字。那卢橘诗都是他贬居岭南时写的。作为乐天派,他进退自如,宠辱不惊,人生尽享开心颜。想当年,他连三国赤壁古战场的详细地址都懒得深究呢。那时他被贬官至黄州,某天来到黄州城外的赤壁(鼻)矶,被壮丽风景打动,不禁咏古怀今,豪迈挥就《念奴娇·赤壁怀古》,说:"故垒西边,人道是:三国周郎赤壁。"尽显豪放派词人风采。但真正的尚存原貌的古战场位于湖北省赤壁市,即长江中游南岸,北依武汉,南临湖南岳阳。后来人们都知道这是两个不同的地方,都不去纠正,还把苏轼词中的赤壁,称为东坡赤壁、黄州赤壁、文赤壁,把古战场称为三国赤壁、周瑜赤壁、武赤壁。

当然,苏轼很有智慧,他可能也怀疑自己没有弄清楚赤壁之战的详址,又不想挡住灵感的火花,于是,他特别在词中写了三个字"人道是"。人们传说那是赤壁古战场哦,若有不实,请别怪罪于个人。

说枇杷乃卢橘,兴许苏轼也用过"人道是"之类的话,只是可能没有被记录下来。而苏轼又太令人喜爱,有人还这样为他辩解,说他在岭南那语言不通之地,听到的是枇杷的英文 Loquat,其读音与卢橘有点相似,且枇杷和卢橘的果实同是金黄之色,说枇杷乃卢橘也未尝不可呀。

这才是一个非常可乐的笑话呢。不知当时身处蛮荒之地的苏轼在哪儿，能够听到谁来讲英文呢？

　　枇杷，也微微笑着，以满树繁碧之叶、满枝黄金之果，摇曳在岁月的芬芳中。

芒种，饯花时节品"红楼"

"东风染尽三千顷，折鹭飞来无处停。"

芒种时节，稻秧嫩绿，麦穗低头，田野焕发勃然生机。

"芒"，指麦类等有芒植物的收获；"种"，是谷黍类作物播种的节令。"芒种"谐音"忙种"，也称为"忙种"，表明一切作物都在"忙着种"了。

在这样一个天下稼穑的物候节令中，因为"饯花神"，而有了一番诗意；也因为一部巨著，让人们多了品读和索隐，留下了探寻和牵挂。

芒种饯花

在古人眼中，花朝月夕，万物皆有灵。

唐代和宋代以农历二月十二为"花朝节"，宫廷和民间一道，赏红、护花、迎花神。及至芒种，花期渐过，群芳摇落，古人视为花神退位，为花神举行饯行仪式，感谢她带来的万紫千红，期盼她明年春再回。南朝经学家崔灵恩在《三礼义宗》中记载："五月芒种为节者，言时可以种有芒之谷，故以芒种为名。芒种节举行祭饯花神之会。"

清代文学家曹雪芹在《红楼梦》中展现的"饯花神"格外绚美大气："尚古风俗：凡交芒种节的这日，都要设摆各色礼物，祭饯花神，言芒种一过，便是夏日了，众花皆卸，花神退位，须要饯行。然闺中更兴这件风俗，所以大观园中之人都早起来了。那些女孩子们，或用花瓣柳枝编成轿马的，或用绫锦纱罗叠成干旄旌幢的，都用彩线系了。每一棵树上、每一枝花上，都系了这些物事。满园里绣带飘摇，花枝招展，更兼这些人打扮得桃羞杏让，燕妒莺惭，一时也道不尽。"

作为芒种盛事，饯花的场面一般是充满欢喜的。只是，与"花朝节"相比，"饯花神"还是容易让人生出伤感，其中尤以黛玉葬花为盛。

林黛玉葬的是什么花？在《红楼梦》里有过不止一回的涉及，应该是包括桃花在内的多种。但"芒种葬凤仙"却是曹雪芹特别着笔之处。第二十七回言："（宝玉）因低头看见许多凤仙、石榴等各色落花，锦重重的落了一地……便把那花兜了起来，登山渡水，过树穿花，一直奔了那日同林黛玉葬桃花的去处来。"

凤仙天然姿态优美、妩媚悦人。因其头翅尾足俱具，翘然如凤状，状如飞禽，飘飘欲仙而得名。古人爱把凤仙和凤凰联系在一起。唐代诗人吴仁壁《凤仙花》中的"香红嫩绿正开时，冷蝶饥蜂两不知。此际最宜何处看，朝阳初上碧梧枝"，就是把凤仙当作凤凰的化身的，"碧梧枝"指的是梧桐树枝，相传凤凰非梧桐树不栖。

凤仙花也叫指甲花，"烂漫只教儿女爱，指甲装点锦成纹"。古代美人常用凤仙花花瓣染指甲，把或红或紫的凤仙花花瓣轻轻研碎，任花汁沁出来，将花汁涂在指甲上，再用凤仙的叶子包

裹，以棉质细绳固定，数十分钟或几个小时，清亮光润的指甲就形成了。这样染上的指甲，颜色不易褪落，既好看又环保。

凤仙还凛然不可侵犯。明代医药学家李时珍在《本草纲目》中说："自夏初至秋尽，开谢相续。结实累然，大如樱桃，其形微长，色如毛桃，生青熟黄，犯之即自裂。"成熟的凤仙籽荚只要轻轻一碰就会裂开，弹射出很多籽儿来，能"透骨软坚，最能损齿，凡服者不可着齿也"，"庖人烹鱼肉硬者，投数粒即易软烂，是其验也"。所以凤仙的花语是"别碰我"。特别激烈的一个词儿，却说明了一个最基本的道理，对高贵优雅的精灵，哪能随便触碰？

凤仙暗合了宝玉与黛玉的情愫与品质。"闺中女儿惜春暮，愁绪满怀无释处。手把花锄出绣帘，忍踏落花来复去。"由是，"阆苑仙葩"林黛玉的《葬花吟》成为绝响，"美玉无瑕"贾宝玉是唯一听众。

曹公遗梦

曹雪芹对芒种的关注还远不止此。在《红楼梦》中，除了黛玉葬花、宝钗扑蝶、湘云醉酒、妙玉传帖等经典情节都发生在芒种时节之外，宝玉的生日也与芒种有关。

二十四节气中，曹雪芹为何对芒种情有独钟，为芒种着笔这么多？

这一切，恐怕与他的出生不无关系。一些红学专家考证，曹雪芹同书中的贾宝宝一样，也是芒种这天出生的。

尽管红学界对曹雪芹的生卒年月和家庭背景存在争议，但仍然有人坚定地认为，曹雪芹生于芒种节，卒于除夕。大家普遍认为他是清代康熙年间江宁织造曹寅之孙，家族三代豪门，至曹雪芹出生后已没落，家被抄，人被遣散，几遭变故。曹雪芹从锦衣玉食的公子哥变成了"举家食粥酒常赊"的贫困户，受尽了人间白眼和冷遇。然而，苦难是作家的财富。对曹雪芹而言，他享过的福、受过的苦，最终成就了皇皇巨著《红楼梦》。而他本人，也化身为男主角贾宝玉，永远活在这部巨著中，"千红一哭，万艳同悲"，三百年来，供人们感叹、探究。

　　曹雪芹，初名曹霑，字梦阮，后自号雪芹。

　　梦阮是梦见阮籍的意思，阮籍是晋代"竹林七贤"中的老二。他几度辞官，对权贵用白眼，对美好女性用青眼，玩的是风骨。唐代诗人王勃在《滕王阁序》中写过这样一句话，"阮籍猖狂，岂效穷途之哭"，借此抒发了自己抑郁不得志的心情。就是因为王勃的这一句诗，阮籍就成为了"猖狂"的代言人。相传，司马昭想跟他结儿女亲家，他大醉六十余天，疯癫度日，硬是把这桩亲事拖黄了。《世说新语》载："阮公邻家妇，有美色，当垆酤酒。阮与王安丰常从妇饮酒，阮醉，便眠其妇侧。夫始殊疑之，伺察，终无他意。"王安丰是"竹林七贤"年龄最小的王戎，因做过安丰县侯，故名。这段话的意思是：阮籍邻居家的女主人长得漂亮，是卖酒的。阮籍和王戎常到她那里买酒喝，阮籍喝醉了，就睡在那位主妇身旁。她的丈夫起初怀疑阮籍，就探查他，发现他一直就没有其他意图，于是彻底放心，没脾气了。还有一次，有一个未出嫁的美女去世，家里突然来了一男子，抚棺大哭，哭毕扬长而去。而这男子，逝者父兄和在场的人都不认识，这个人就是阮籍。如此疯癫痴狂之人，像不像曹雪芹笔下的贾宝玉？曹雪芹字梦阮，是向往阮籍的精神气质。

"雪芹"两个字，源自北宋文学家苏轼的《东坡八首》其一："泥芹有宿根，一寸嗟独在。雪芽何时动，春鸠行可脍。"曹家从曹寅开始，就很喜欢苏轼的诗，受苏轼的影响很深。苏轼是一个性格豁达的人，一遇苦难便超然。当年，因为"乌台诗案"，他被贬到黄州，为了生计，他带领家人在城东的一块坡地开荒种地，"东坡居士"的别号便是他在那时取的。苏轼变成了苏东坡，也进入了艺术的井喷期，佳作如流水，层出不穷。苏轼又是美食家，还好吃芹菜，常以"芹"自比，在《东坡八首》中注明过"芹"之食法："蜀八贵芹芽脍，杂鸠肉为之。"曹雪芹也对美食颇有研究，《红楼梦》中有大量关于食物的记载和饮食细节的描写，而且他也偏爱一道"雪底芹菜"。曹雪芹懂苏轼，深知黄州之贬是苏轼艺术升华的标志，像一个文化隐喻，让他推人及己。家道中落之后，他自号雪芹、芹溪、芹圃，寓意深远。

苏轼对身边的几位女性和风细雨的态度，包括对乳娘任采莲、侍妾王朝云等，也令曹雪芹心向往之。于是，便有了《红楼梦》中贾宝玉对身边女性的基本态度：女人是水做的，男人是泥做的，"见了女儿，我便清爽……"对身边的女子，贾宝玉有的只是欣赏和尊重。这也是曹雪芹对女性的态度。

脂砚添香

据说，凤凰每五百年都要背负着积累于人世间的恩怨情仇，投身于集香木燃起的熊熊烈火中，以生命和美丽的终结换取人世间的祥和与幸福，在烈火中经受巨大痛苦和磨炼后又以更美好的躯体得以重生，从此鲜美异常。

可惜贾宝玉和林黛玉做不了凤凰，没有重生的机会。他们的相恋，实在太过短暂，超凡脱俗却让人唏嘘不已。这样的悲情，令《红楼梦》更加深刻。如果离了宝黛之恋，那《红楼梦》就没了看头。没有爱情的小说是不完整的，没有女人的男人也是不完整的。而在曹雪芹身边，也站着一个脂砚斋。

脂砚斋并没有直接出现在《红楼梦》中，他（她）只是作为一位批书人而存在。他（她）究竟是谁，跟曹雪芹是什么关系，目前红学界有妻子说、红颜知己说、兄弟说，甚至叔伯说等多种，并没有定论。但是，我宁愿相信她是曹雪芹的妻子或红颜知己，是那个红袖添香的人。

《红楼梦》开篇诗中就有"红袖"两字出现："浮生着甚苦奔忙，盛席华宴终散场。悲喜千般如幻渺，古今一梦尽荒唐。漫言红袖啼痕重，更有情痴抱恨长。字字看来都是血，十年辛苦不寻常。"这首诗十分契合"红楼梦"的故事及曹雪芹的人生。荣国府发生的一切，就像一场盛席华宴，虽然绚烂华丽，却终究要散场。偌大的家族，在腐朽之中轰然倒塌。这一切的悲欢喜怒，就像一场荒唐的梦，梦醒时分，一切不复存在。曹雪芹十年辛苦所写的《红楼梦》，凝聚着一生血泪。甲戌本第一回一条脂批："今而后惟愿造化主再出一芹一脂，是书何幸。余二人亦大快遂心于九泉矣。""一芹一脂"并称，印证了脂砚斋与曹雪芹的关系，"余二人""遂心于九泉"，也说明他们极有可能是夫妻或红颜知己。"都云作者痴，谁解其中味"，个中滋味，恐怕只有他们才能够真正懂得。

脂砚斋与曹雪芹拥有的共同生活经历，可以从《红楼梦》的多处"脂评"中看出。如第八回:"作者今尚记金魁星之事乎?抚今追昔,肠断心摧。"第四十一回:"尚记丁巳春日,谢园送茶乎?展眼二十年矣!"第六十三回:"此语余亦亲闻者,非编有也。"第七十七回:"况此亦此(是)余旧日目睹亲闻,作者身历之现成文字。"等等。这些通过"脂批"方式进行的说明,还可以看出,脂砚斋与曹雪芹有着十分密切的关系,熟知曹雪芹的创作意图和相关隐喻。

在《红楼梦》对"芒种饯花神"的那一段描述中,脂砚斋也做了多处批注,其中对"更兼这些人打扮得桃羞杏让,燕妒莺惭,一时也道不尽"一句的批注是:"桃、杏、燕、莺是这样用法。"这样的肯定方式,不是关系亲近、知根知底的人,是写不出来的。她对林黛玉《葬花吟》的批注是:"《葬花吟》是大观园诸艳之归源小引,故用在饯花日诸艳毕集之期。"也就是说,出现在芒种之日的《葬花吟》是"万艳同悲,千红一哭"的开始。

因为"脂砚添香",曹雪芹的"红楼残梦"有了更多的悬念,添了更多的嚼劲。这也像凤仙花,在那样的饯花时节,以一种透骨的香,行过静谧幽寂的街巷,越过风霜沉积的高楼,穿过一个个安宁恬淡的夜和万千岁月,在旧事、残梦、离愁、迷途和万里山河中,解读世俗,找寻来路。

夏至,那些与吃喝相关的故事

夏至,是一年里太阳最偏北的一天,是太阳北行的极致,北半球日照时间最长的一天。民间有"吃过夏至面,一天短一线"的说法,夏至一过,北半球的白天就逐渐变短。故又有"夏至一阴生"之说。

古人夏至日举行祭祀活动,《史记·封禅书》记载:"夏至日,祭地,皆用乐舞。"宋朝从这天起,为百官放假三天,足见人们对夏至的重视。中国是一个崇尚吃的民族,夏至日也不例外,北京人吃面、无锡人吃馄饨、岭南吃荔枝,还有的地方喝粥、吃苦瓜等,各有特色。由此,也留下了不少这个时节与吃喝相关的典故。

杯弓蛇影,"喝"出来的心病

杯弓蛇影,在夏至的光影中闪烁着,为夏至平添了几分趣味。

关于这个成语的出处,多个版本的《新华字典》引用了《乐广传》的记载:乐广字彦辅,迁河南尹,尝有亲客,久阔不复来,广问其故,答曰:"前在坐,蒙赐酒,方欲饮,见杯中有蛇,意甚恶之,既饮而疾。"于时河南听事壁上有角,漆画作蛇。广意杯中蛇即角影也。复置酒于前处,谓客曰:"酒中复有所见不?"答曰:"所见如初。"广乃告其所以,客豁然意解,沉疴顿愈。

《乐广传》出自中国二十四史中的《晋书》,是唐代政治家房玄龄等人所著的纪传体晋代史。而早在几百年前,"杯弓蛇影"这个典故就已经被东汉学者应劭记录在案,而且还是夏至这天发生的。

应劭的《风俗通义·怪神·世间多有见怪惊怖以自伤者》记载:

> 予之祖父郴为汲(约为今河南卫辉市)令,以夏至日请见主簿杜宣,赐酒。时北壁上有悬赤弩,照于杯中,其形如蛇。宣畏恶之,然不敢不饮,其日便得胸腹痛切,妨损饮食,大用羸露,攻治万端,不为愈。后郴因事过至宣家,窥视,问其变故,云畏此蛇,蛇入腹中。郴还听事,思惟良久,顾见悬弩,必是也。则使门下史将铃下侍徐扶辇载宣于故处设酒,杯中故复有蛇,因谓宣:"此壁上弩影耳,非有他怪。"宣意遂解,甚夷怿,由是瘳平。

应劭(约151—203)比房玄龄(579—648)早生了四百多年,《风俗通义》是应劭当泰山太守时所作,为汉代汉族民俗著作,记载了大量神话异闻,对于杯弓蛇影这个故事的时间、地点、人物,记得更为清楚。因此,倘要溯源,这才是真正的源头。

而故事的发生是否跟夏至有必然的关联,我们也可做相应的分析。夏至日,太阳移到最偏北的位置,一些平时照不到的地方,这天可以照到。事发地汲大约位于现在的河南省,纬度大约是35.4度,夏至日的太阳是从东北方升起,至西北方降落。正午时分,太阳在正南位置,如果是中午请喝酒,因"赤弩"位于北壁,太阳光透过南面的窗户或屋顶的亮瓦之类正好可以照见北壁。若杜宣面北而坐,赤弩倒映在杯中是完全可能的。

当然,或许那故事只是恰巧发生在夏至日,与夏至光影变化并无必然关联,否则,复请喝酒时"杯中故复有蛇",得到第二年的夏至才行,两次之间的间隔时间相对比较长。不过,也是有可能的,古人的生活原本就是慢悠悠的。

而不管怎样,杯弓蛇影或弓影杯蛇,成为了"喝"出心病的典型事件,后指因错觉而产生疑惧,为疑神疑鬼、妄自惊忧之喻。

半夏鹧鸪,有毒也有解

夏至过后,山坡上,溪河边,阴湿的草丛或树下,半夏静悄悄、俏生生地长起来了。

"五月半夏生,盖当夏之半,故名。"这个五月是指农历。夏至一阴生,天地间不再是纯阳之气,夏天过半,故名半夏。半夏的叶儿一年生时为卵状心形的单叶,两至三年后为三小叶的复叶,又叫三叶半夏、三叶老。在中国现存最早的药物学专著《神农本草经》中,半夏还被叫作守田、水玉,"守田会意,水玉因形",朴实生动而富有诗意。

夏至时节的半夏,是最让鹧鸪喜欢的。那嫩嫩的半夏苗儿,是鹧鸪的美食。鹧鸪是南方的一种鸟,形似鸡而比鸡小,长相耀

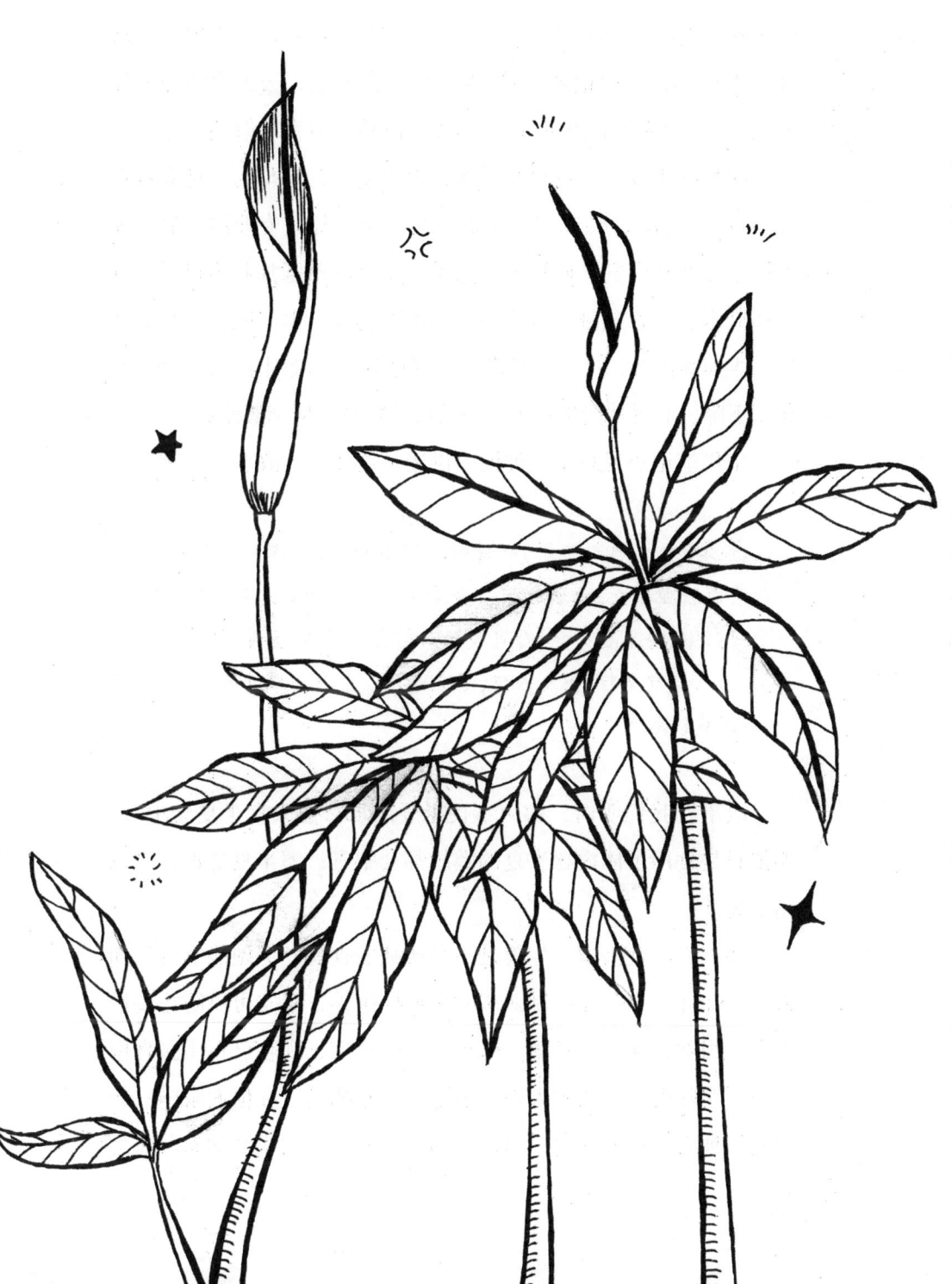

眼。在自然界的食物链中，鹧鸪又是一些人喜欢吃的。唐代医药学家孔志约说："鹧鸪生江南，形似母鸡。"明代医药学家李时珍在《本草纲目》中记载："南人专以炙食充庖，云肉白而脆，味胜鸡、雉。"福建谚语也说："山食鹧鸪獐，海食马鲛鲳。"

鹧鸪吃半夏，一些人吃鹧鸪，但半夏有毒。作为《神农本草经》的"下品"，性味辛、平的半夏，只有经过专业炮制后，才可用于除寒热邪气、破积聚、愈疾。半夏的中毒症状为口舌咽喉痒痛麻木、声音嘶哑、言语不清、流涎胸闷、恶心呕吐、味觉消失、腹痛腹泻等，严重者可出现喉头痉挛、呼吸困难、四肢麻痹、血压下降、肝肾功能损害等，最后可因呼吸中枢麻痹而死亡。

宋代笔记小说总集《类说》讲述了这样一个故事：

> 杨立之通判广州，归楚州。因多食鹧鸪，遂病咽喉间生痈，溃而脓血不止，寝食俱废。医者束手。适杨吉老赴郡，邀诊之，曰：但先啖生姜一斤，乃可投药。初食觉甘香，至半斤觉稍宽，尽一斤，始觉辛辣，粥食入口，了无滞碍。此鸟好啖半夏，久而毒发耳，故以姜制之也。

故事让我们明白，鹧鸪不畏半夏之毒，但人食半夏会中毒，哪怕只是食用了体内含半夏的鹧鸪都会中毒。解半夏之毒，可以用生姜。

在国人的食谱中，生姜是不可或缺的食材，但她能解毒，知道的人却并不多。在烹制鹧鸪时多放些生姜，确实可以防止食后中毒。当然，从保护环境、爱护鸟类的角度，现在已不主张食用鹧鸪。实际上大多数古人一般也不舍得吃鹧鸪。在他们眼中，鹧鸪是一种有灵性的动物，是情思的寄托。看看北宋文学家苏轼的

"沙上不闻鸿雁信,竹间时听鹧鸪啼。此情唯有落花知",南宋诗人辛弃疾的"江晚正愁余,山深闻鹧鸪",北宋诗人秦观的"江南远,人何处,鹧鸪啼破春愁",就知道鹧鸪成了离家游子一种哀怨的象征。

生姜的解毒功效,带给人们许多警示。而在夏天适当地多吃点生姜,更是好处多多。生姜健脾开胃、提神消暑等作用,可缓解炎热时节出现的疲劳、乏力、厌食、失眠、腹胀、腹痛等症状。"冬吃萝卜夏吃姜"是很有道理的。

据记载,"尝百草、创医学"的神农炎帝也曾受益于生姜,"生姜"还是他发现并命名的。那日,神农氏在山上采药,误食了一种毒蘑菇,头晕目眩,肚子疼得像刀割,很快晕倒在一棵树下。不久,他却奇迹般地苏醒过来,发现自己躺倒的地方有一丛叶儿尖尖的青草,香气浓郁,他细细地闻了闻,感觉身体又舒服了些。他明白,是这青草儿的气味使自己苏醒的,便又顺手拔了一兜,连叶带根全放进嘴里嚼,味道香辣清凉。过了一会儿,他腹泻了一次,身体就全好了。他想,这青草真是神奇,能够起死回生啊,要给它取个好名字,想到自己姓姜,神农氏就把这尖叶青草取名为"生姜"。

生姜,就始终这样充满着蓬勃的生气。生姜和半夏,作为自然界中植物相生相克的代表,让人们发出奇妙感叹的同时,更深获启迪。

木槿,朝开暮落的美食之花

《礼记》曰:"夏至到,鹿角解,蝉始鸣,半夏生,木槿荣。"

木槿，以芬荣、繁茂之姿，应时绽放。

木槿，即"蕣"，读作"舜"音。"舜"表"短时间"之意，"艹"与"舜"连成一字，表示"短时间开放的花"。木槿这个名字，来源于她的生长特性，如西晋文学家潘尼描绘的一样："其物向晨而结，建明而布，见阳而盛，终日而殒。"蕣，"犹仅荣一瞬之义也"。

蕣的意思，与中国古代帝王舜也有关。当年，舜由帝王尧禅位而登极，后又禅位给大禹，在位仅一世。东汉末年学者郑玄在《易纬乾坤凿度》卷下注云："其人为天子，一世耳，若尧、舜者。"

因此，木槿还叫"舜""朝开暮落花""日及"。

木槿常常被一些文人墨客用来表达感伤，如晋代诗人苏彦作《舜华诗序》曰："其为花也，色甚鲜丽，迎晨而荣，日中则衰，至夕则零。庄周载朝菌不知晦朔，况此朝不及夕者乎！苟映采于一朝，耀颖于当时，焉识夭寿之所在哉。余既玩其葩，而叹其荣不终日。"唐代诗人李白云："园花笑芳年，池草艳春色。犹不如槿花，婵娟玉阶侧。芬荣何夭促，零落在瞬息。岂若琼树枝，终岁长翕赩。"

最早出现木槿之美的《诗经·郑风·有女同车》中，那以男子的语气，盛赞女子"颜如蕣华"的句子，也被感伤者解释成女子美貌短暂、蕣颜易逝之意。其实，《有女同车》只是一首单纯的迎亲恋歌，"有位姑娘和我在一辆车上，脸儿好像木槿花开放"，男子与心爱的女子同车而行，感觉无比甜蜜。女子容貌的美丽和品德的美好，都让男子无比欢喜，"洵美且都""德音不忘"。这样的时候，哪里会有韶华短暂之叹呢，完全是"细看诸

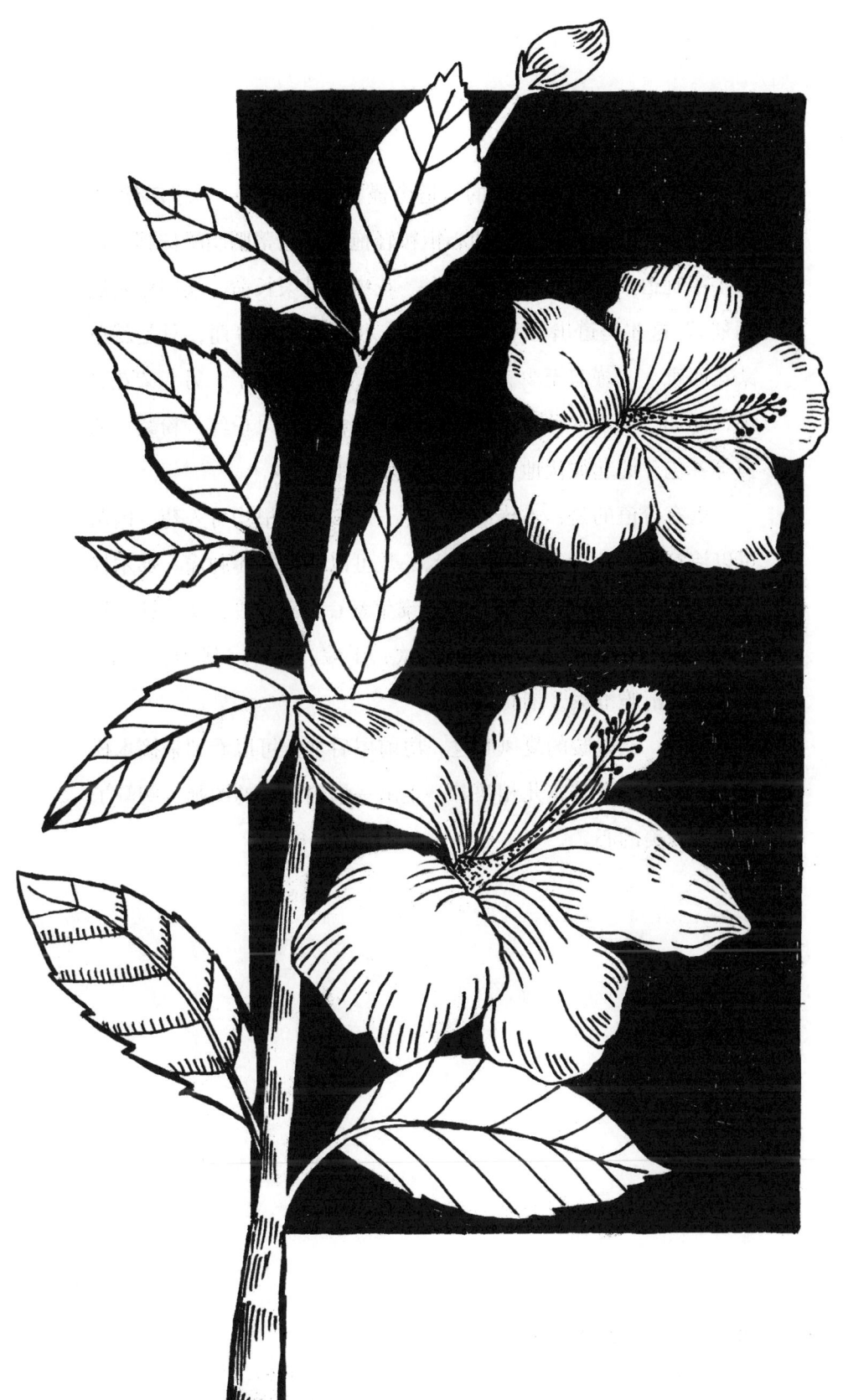

处好",摹形传神。

还是南宋诗人杨万里的《道旁槿篱》说得好:"夹路疏篱锦作堆,朝开暮落复朝开。抽心粗粆轻拖糁,近蒂胭脂酽抹腮。占破半年犹道少,何曾一日不芳来。花中却是渠长命,换旧添新底用催。"这才是道出了木槿的本质。木槿的朝荣暮谢,只是就单朵花而言,木槿有至少三个月的花期,一朵花谢了,另一朵花又荣,亦如"子子孙孙无穷匮"之像啊。木槿,以粉红、粉紫、粉白等各色,此起彼伏地美在火热的夏天里。

更有价值的是,木槿的花、叶、果、皮、根均可入药,内服可以治疗反胃吐食、肠风泻痢,外敷可以治疗疥癣肿痛。那木槿花儿,还富含蛋白质、粗纤维、维生素C、氨基酸、铁、钙、锌等营养物质,非常适合作食蔬茶饮,干煸、油炸、煲汤、煮粥、泡茶,都清脆滑爽、细腻芬芳。

于是,当暖暖的夏风吹过,房前屋后常常可以看到采摘木槿花的身影。影儿与花儿相映着,生出一幅幅绚烂的图画,陶醉了一颗颗爱美的心。

小暑品莲

小暑是农历二十四节气的第十一个,也是夏天的第五个节气。小暑一过,炎炎夏日就正式到来了。

"携杖来追柳外凉,画桥南畔倚胡床。月明船笛参差起,风定池莲自在香。"透过北宋文学家秦观的《纳凉》,莲,也在小暑的温情中,姗姗而来。

莲之怜

"江南可采莲,莲叶何田田。鱼戏莲叶间。鱼戏莲叶东,鱼戏莲叶西,鱼戏莲叶南,鱼戏莲叶北。"

真是喜欢汉乐府里的这首《江南》,莲叶田田、鱼儿欢欢,灵动、轻快的气息一下子扑上面颊,笑容也灿然而出,染着漫溢的莲香,和着"东""西""南""北"的鱼儿和叶儿,恣肆奔腾。

这是一首采莲情歌,采用民间情歌常用的比兴、双关等手法,以"莲"谐"怜",暗喻青年男女相互爱恋的欢乐情景。那些有趣的句子中,没有一个字写到人,但相爱着的采莲的人儿呀,早就融进了鱼儿戏水莲叶间的画里。

怜是形声字,在古代表示可爱的意思。莲即荷,荷在西周时

期就从湖畔沼泽的野生状态走进了人们的田间池塘。春秋时期，荷花的各部分被分别定了专名，中国最早的词典《尔雅》记载得很清楚："荷，芙蕖。其茎茄，其叶蕸，其本蔤，其华菡萏，其实莲，其根藕，其中的，的中薏。"三国吴学者陆玑《毛诗草木鸟兽虫鱼疏》也解释道："其茎为荷。其花未发为菡萏，已发为芙蕖。其实莲，莲之皮青里白。其子的，的之壳青肉白。的内青心二三分，为苦薏也。"现代人的称呼就简单多了，直接称莲（荷）花、莲（荷）叶、莲子、莲子心、莲藕等。

汉朝是中国农业空前发展的时期，莲也受到重视，并在乐府歌辞逐渐盛行的西汉被广泛吟唱。乐府是在秦代就已设立的管理音乐的官府机构，乐即音乐，府即官府。汉武帝刘彻让乐府成为专设的官署，职能扩大，不仅掌管郊祀、巡行、朝会、宴飨时的音乐，还兼管采集民间歌谣，采莲曲之类是被汉乐府收集得较多的民谣，歌舞者着红衣、系罗裙、乘莲船、执莲花，趣味盎然。

莲，也潋滟在汉武帝对李夫人的怜爱中（秦汉时期帝王嫔妃称夫人）。当年，出身倡家、容貌靓丽、能歌善舞的李夫人经时任内廷音律侍奉的哥哥李延年举荐后很快受宠，采莲曲之类的爱情歌曲，成为她和汉武帝经常欢唱的曲目。

汉武帝是真宠李夫人的，以至于李夫人染疾故去后，悲痛不已，神情恍惚，终日不理朝政，幸得方士李少翁设坛作法，才慢慢恢复平静。李少翁用棉帛裁成李夫人的影像，取莲之花红、叶绿、藕白各色涂于影像上，在手足处装上可活动的木杆，将像设纱帐里，于灯烛下投影于帐帷之上，李夫人袅娜的身影便在幕围后面徐徐舞动起来。汉武帝观后泪如雨下，叹道："是邪，非邪？立而望之，偏何姗姗其来迟。"真是"张灯作戏调翻新，顾影徘徊知逼真；环佩姗姗莲步稳，帐前活见李夫人。"这也是皮影戏的由来。

李夫人对莲也情有独钟，当汉武帝去看望病中的她时，她始终以莲花或莲叶掩面，不愿显露面目，并悲戚地说："妾久寝病，形貌毁坏，不可以见帝。愿以王及兄弟为托。"她的姐姐私下询问原因，她的回答冷静理智："夫以色事人者，色衰而爱弛，爱弛则恩绝。……今见我毁坏，颜色非故，必畏恶吐弃我，意尚肯复追思闵录其兄弟哉！"对皇帝心思揣摩得一清二楚，对自身价值心知肚明，李夫人以美貌为赌注，为自家兄弟赢得了好前程。

再来看李延年在汉武帝面前举荐时的歌赋，我们不禁感慨万千："北方有佳人，绝世而独立；一顾倾人城，再顾倾人国；宁不知倾城与倾国，佳人难再得。"皇宫深如海，怜爱知多少。

还是喜欢《江南》里鱼莲依偎的纯真，以及南朝乐府民歌里《西洲曲》的深挚："采莲南塘秋，莲花过人头。低头弄莲子，莲子清如水。"唯有满满的纯净与香甜，才是爱的味道。

莲之爱

"出淤泥而不染，濯清涟而不妖。"莲，在北宋哲学家周敦颐《爱莲说》中，成为"君子之花"。

她确实是担得起这一雅称的。她，干净天真，身出污泥，依然纤尘不染；她，表里如一，外表挺直，内里通透；她，傲然不群，不牵扯攀附，无媚颜丑态，绝不能轻慢玩弄。

周敦颐深爱莲。据记载，他55岁在原江西九江星子县任南康知军时，还特意在军衙东侧开挖了一口池塘，全部种植了莲。

闲暇时，他常于池畔赏莲，并写下了脍炙人口的散文《爱莲说》。一年后，周敦颐抱病辞官而去，在江西庐山西北麓筑堂定居讲学。他留下的莲池和《爱莲说》，一直为后来者珍视，其中就有南宋理学家朱熹。

朱熹在淳熙六年（1179）调任南康知军。和周敦颐做着同样的官职，朱熹对周敦颐的仰慕之情更加浓烈，他重修了爱莲池，建立了爱莲堂，并从周敦颐曾孙周直卿那儿得到《爱莲说》的墨迹，请人刻于石上，立在池边。朱熹还作诗抒发情感："闻道移根玉井旁，花开十里不寻常。月明露冷无人见，独为先生引兴长。"

其实，关于《爱莲说》的来历，史料上还有另外一些说法。

周敦颐出生于北宋天禧元年（1017），是道州营道楼田堡（约为今湖南省道县）人，少年丧父，随母投靠衡州（约为今湖南衡阳）的舅父、龙图阁学士郑向。因聪慧仁孝，周敦颐深得郑向喜爱。见周敦颐喜莲，郑向就在自家宅前西湖凤凰山下（约为今衡阳市二中）构亭植莲。周敦颐参经悟道，在衡阳度过了17年的时光，其间，写下了119字的《爱莲说》，借物言志，以莲自喻，被世代传颂。周敦颐在衡阳留下了西湖书院、濂溪祠、爱莲池、爱莲堂等多处遗迹。

此外，还有"邵阳《爱莲说》""赣州《爱莲说》"等记载，这些地方都建有爱莲池，都说是周敦颐所建及《爱莲说》的原创地，由此，引发出"爱莲池原址在何方，《爱莲说》原创地在何处"的争议。不过，就算有争议，又有什么关系呢？后人敬重的并不是哪一池的莲，而是池中莲之风骨、周公及历代雅士爱莲的情怀。

元代画家、诗人王冕也是《爱莲说》的珍视者，他爱莲的方式与周敦颐、朱熹不同，他用莲画的形式表达。王冕从小就酷爱学习，因家庭贫困，只得白天替人放牛，晚上自学。有一天，王冕在湖边放牛，恰逢雨过天晴，他看到湖里的莲被雨水冲洗过后，显得格外清雅从容，又想到《爱莲说》，喜爱之情难以抑制，就用小木棍在泥地上画起莲来。这一画，让他对莲的爱再未停止。他开始用仅有的一点零用钱买了纸和笔来画莲。因为神形兼备，他的莲画深得人心，被越来越多的人购买。王冕声名渐渐远播，也不用再替人放牛，还能用卖画得来的钱孝敬父母了。

成名后的王冕越发理解了莲的内涵，独善其身，也不愿意沾染宦海污浊，连明太祖朱元璋"以兵请为官"，他都"以出家相拒"。清代小说家吴敬梓欣赏王冕，特别以他为原型，塑造成正面形象放入自己创作的长篇小说《儒林外史》第一回中。

这就是爱莲的人儿呀，如同一股清流，伴着莲之馨香，隽永在人们的记忆中。

莲 之 用

莲的光芒，恒久地闪烁着"唯爱与美食不可辜负"九个大字。

她的好看、可爱，自不必说，她的好吃、好用，更让吃货们有了好劳动的手和爱澎湃的心。

人们很早就把莲作为食物了，先秦古籍《周书》就有"薮泽已竭，既莲掘藕"的记载。明代医药学家李时珍对莲藕的细致描述，更让人口生唾液心生欢乐："夫藕生于卑污，而洁白自若。

质柔而穿坚,居下而有节。孔窍玲珑,丝纶内隐。生于嫩蒻,而发为茎、叶、花、实,又复生芽,以续生生之脉。四时可食,令人心欢。"

好吃的,不仅是莲藕,还有莲子、莲子心等,生吃、熟食、清炒、煎煮、熬粥、泡茶,加糖品、调醋尝、放盐用,做主食、为佐食、当配料,等等,太多的方式可以享受莲的美味了。莲也大方地分享着美,还以莲藕的散血生肌解毒、莲子的补中养神益气、莲子心的清心去热、莲花的驻颜益色、莲叶的止渴除烦、莲蓬的止血消疮等功能,让人们的身心得到保健或治疗。

莲藕是被古人用得比较多的。把她用得最巧妙的,要数三国时期医药学家华佗。他制成了以藕皮为主料的膏药,把藕皮膏连同也是他发明的麻醉剂麻沸散一起,用在外科手术中。南朝宋时期史学家、文学家范晔的《后汉书·方术列传》记载过华佗行手术之情况:"若疾发结于内,针药所不能及者,乃令先以酒服麻沸散,既醉无所觉,因刳破腹背,抽割积聚。"手术完成缝合伤口后,华佗再涂敷以藕皮膏,四五天后便可愈合。

莲藕的节也被妙用,那妙招还是宋孝宗患病时他的养父宋高宗偶然访到的小药铺里用到的,宋代学者赵溍的《养疴漫笔》记录下了这个故事:

> 宋孝宗患痢,众医不效。高宗偶见一小药肆,召而问之。其人问得病之由,乃食湖蟹所致。遂诊脉,曰:此冷痢也。乃用新采藕节捣烂,热酒调下,数服即愈。高宗大喜,就以捣药金杵臼赐之,人遂称金杵臼。严防御家,可谓不世之遇也。

所以，莲，怎么不叫人欢喜呢？连她的气息都对身心有利。当年，华佗还创立了五禽戏，这是一套通过模仿虎、鹿、熊、猿、鸟的动作、达到健身目的的体操。他主张练五禽戏时，一定不能在空气污浊之处，以免身体被浊气侵袭，最好在莲塘边练习，以便"伴莲之清气，助养精气神"。他的弟子吴普，按照他的要求，勤练五禽戏，活到了九十多岁，且"耳目聪明，齿牙完坚"。

流连莲池边，真是妙曼光华。瞧，正欢乐着呢，突然飘来一阵噼啪雨儿，便顺手摘下一片莲叶，挡在发前，一阵风似的，跑回了家。

那就是传说中像风一样的女子啊。

炎炎暑日，看古人如何以冰消暑

"冷在三九，热在中伏。"一年中最热的大暑时节到了。

大暑正值三伏天里的中伏。古籍中说："大者，乃炎热之极也。"足见大暑的炎热程度。那么，在炎热而没有空调的古代，人们用什么办法来消暑呢？

除了扇子，也有今人常用的冰。这让人不得不佩服古人的智慧。

冰开始的地方

冰，很早就被人们用来消暑纳凉了。

商周时期，人们便开始利用天然冰来制冷。周王室为保证夏天有冰块用，成立了相应的机构管理"冰政"，专门负责"掌冰"，负责人被称为"凌人"。《周礼》载："凌人，掌冰，正岁十有二月，令斩冰，三其凌。"《礼记》也说："季冬之月，冰方盛，水泽腹坚，命取冰。"周以后的各个王朝，都设有专门的官吏管理冰政。

每年寒冬腊月，凌人会命人到水质好的江湖面上凿采冰块，这时的冰块最坚硬，不易融化，方便采用和搬运。采好的冰会被储藏到预先准备好的地下冰窖里，《诗经·豳风·七月》"二之日凿冰冲冲，三之日纳于凌阴"中的"凌阴"就是山阴处的藏冰地窖，"二之日""三之日"是周历的二月之日和三月之日，即夏历十二月和一月，周历的"一之日"一月之日即夏历的十一月。地下冰窖内铺满了干净稻草和芦席，设置了专门搬运冰块的冰板，待冰到了窖口，冰板一头支在窖口，一头支在窖底，形成一个斜面，让冰块滑下去，再由窖里的人码放整齐，在冰上覆盖稻糠、树叶等隔热材料，最后将整个冰窖密封，等来年使用。由于储存环境和方法的限制，最终都免不了会有约三分之二的冰在使用前自行融化。因此古人常常将藏冰量提高到所需使用冰量的至少三倍，以满足宫廷需求。冰窖也慢慢增多，到了清代，北方的官方冰窖有20余座，存冰量大概有二十万块以上，北京的冰窖口胡同、西安的冰窖巷就得名于此。

由于夏日用冰量大，官方藏冰常常不足，因此出现了私家藏冰的"冰商"。据宋人所作《迷楼记》记载，宫中"自兹诸院美人，各市冰为盘，以望（隋炀帝）行幸。京师冰为之踊贵，藏冰之家皆获千金"。这说明隋代就能在市场上买到冰。到了清代，《大清会典》明文规定：各级官府"如藏冰不敷用，从市采买"。清代的冰窖分为官窖、府窖和民窖三种，民窖由商民设立，专门用于商业经营。

有了冰之后，古人的夏天就凉爽洋气起来，他们把冰块放在盛冰的容器冰鉴里。《周礼》中有在冰鉴中保存冰块的记录。冰鉴最先是陶制的，后有木制的，春秋中期以后流行青铜鉴，大口小底，底部有直径很小的排水口，可在冰融化后直接排出冷水。冰鉴可以散发冷气，还可以保存食品，将盛满饮料或食物的器皿放进去,四周围满冰块,合上盖子,"冷饮"就可制成。《楚辞》中记录的"挫糟冻饮,酎清凉些""清馨冻饮",都展示了夏天饮冰镇酒水的舒适和快乐。

进入汉代,古人用冰就更讲究了。汉代皇宫设有夏季用房"清凉殿",殿内有多重降温装置,以石头为床,用玉晶盘盛装冰块,仆人站在一旁对着扇竹扇。清凉殿内清凉无比,汉武帝刘彻常常带着自己宠幸的嫔妃宦臣"卧延清之室",吟唱辞赋歌谣,品尝果品佳肴,不亦乐乎。

唐宋以后,清凉殿之类的"空调房"越建越高级,殿内除了放冰块,还放有扇车,借水的作用转动扇叶,扇带凉水吹更凉。宋代还注重空气净化,在厅堂里摆几百盆鲜花,例如栀子花、茉莉花、康乃馨、百合花等等,再"鼓以风轮",既凉快,又"清芬满殿",宋代的"空调"设备已在民间普及。

这次第,怎一个凉字了得。冰开始的地方,也是梦开始的地方。

冰有趣的时候

冰,还被古人用出趣味。

有用冰来装病的。据《左传》记载,公元前552年,楚国的令尹(即主持国事的大臣)子庚去世,楚国国君楚康王指派楚国士大夫薳(wěi)子冯继任。薳子冯征求好友申叔豫意见,申叔豫说:"朝廷内宠臣很多,君王年轻弱势,治理国家的难度很大啊。"于是薳子冯决定用装病来推辞。当时正值盛夏暑天,薳子冯在家中床下挖了个地窖,放上冰,再用大量冷水浇身,把自己弄成重感冒,然后身穿厚棉衣,外加皮袍子,躺在床上好几天不吃东西。楚康王派御医前往诊视,御医视毕向楚康王报告说,蒍子冯"瘦弱到了极点"。楚康王无奈,只好改任子南为令尹。

真是令现代人啼笑皆非。蒍子冯也堪称"开空调盖棉被"的古代先驱。只是,我们始终不明白,装病的方式有多种,为什么要躺冰块上呢?花费的成本太大了。要知道,唐代以前,冰块非常珍贵,不仅数量有限,还价格昂贵,到了"长安冰雪至夏日则价等金璧"的地步,大臣在蒙皇帝赏赐冰块时都会深感为荣,如唐代诗人白居易某日得到几块小冰的赏赐,就高兴得很,还记录下来:"圣旨赐臣等冰者,伏以颁冰之仪,朝廷盛典,以其非常之物,用表特异之恩。"所以,对楚国士大夫蒍子冯,我们只好感叹一声:真土豪也。

也有因食用冰而生病以及以冰治病的。《古今医案按》介绍,宋徽宗赵佶在某年夏天,"食冰太过,病脾疾",御医按照常规治疗方法,让他服用大理中丸,但服用多日,均不见效果。宋徽宗寝食难安,后来听说民间医生杨介医术高明,便召杨介为他诊疗。杨介查明病因,仍使用大理中丸,只是改用以冰煎服,宋徽宗服后立马痊愈了。

甘、冷、无毒的冰真如明代医药学家李时珍所说:"冰者,太阴之精,水极似土,变柔为刚,所谓物极反兼化也。"冰可以去热烦、解烦渴、消暑毒,"伤寒阳毒,热盛昏迷者,以冰一块置于膻中,良。亦解烧酒毒"。杨介的治法算是"从因治病",妙手仁心。

当时,宋徽宗和杨介的对话也简单有趣:"介用大理中丸。上曰:服之屡矣。介曰:病因食冰,臣因以冰煎此药,是治受病之原也。"还好,宋徽宗遵了医嘱。

也难怪宋徽宗生病,都是吃惹得祸。宋代的物质文明已经越发丰富,那冰制食品简直不要太好吃哦,"冰糖冰雪冰元子""冰雪甘草汤""冰雪凉水荔枝膏""冰镇酸梅汤""雪泡豆儿水""雪泡梅花酒"等,光听名字,心里就舒坦,怎么不想让它们"一步到胃"呢?南宋诗人杨万里早用《荔枝歌》道出了这份心花怒放:"卖冰一声隔水来,行人未吃心眼开。甘霜甜雪如压蔗,年年窨子南山下。"元代的商人又在冰中加上果浆和牛奶,开创了冰淇淋的先河。市场中还出现了"冰鲜",人们把打捞的海产品,通过冰的冷冻后,运输得更远、保存得更久,生活水平在慢慢提高。

市场日渐繁华,笑料却时有发生。唐末五代学者王定保撰写的《唐摭言》里就讲了这么个笑话:"昔蒯人为商而卖冰于市,客有苦热者将买之,蒯人自以得时,欲邀客以数倍之利。客于是怒而去,俄而其冰亦散。"那卖冰者趁天热涨价,结果"冰"财两空,真是跟"冰"过不去。

而有冰的夏天,是美好的夏天呀。当然,盛夏食冰,还是悠着点好,特别是体质虚弱之人,最好少食。

冰深情的日子

冰,也在长久的日子里,被人们赋予深情。

在冰特别难得的时代,皇帝用冰靠事先储存,大臣用冰或靠皇帝赏赐、或凭官阶和"冰票"领取,级别低的官员可能得不到冰,可能靠级别高的官员赏赐。这种"颁冰"的做法始于周朝,

一直延续到清代。所以,若是将冰作为礼物来馈赠他人,那真是可贵的。

北宋文学家欧阳修就常常送冰给同僚梅尧臣,他的馈赠,不是出于高级官员对低级官员的赏赐,而是出于朋友之间的情谊。欧阳修在25岁至洛阳任钱惟演幕府推官时,与年长自己5岁的任主簿的梅尧臣相识,开始了长达30年的友情,直至梅尧臣去世,欧阳修54岁。流金岁月中,二人心心相印,不离不弃,聚则乐而游,别则思而梦,于道义、事业上互相支持。他们都是诗歌革新运动的推动者,对宋诗产生了巨大影响,梅尧臣还是欧阳修古文运动的坚定支持者。

随着为官级别的增高,欧阳修送给梅尧臣的冰块也增多,使得仕途坎坷、级别很低的梅尧臣能长年享受较好的以冰消暑之待遇,安然度炎夏。为了让梅尧臣安心接受,欧阳修还曾以自己不怕热为借口。其实,在条件有限的古代夏天,即使是真的不怕热,也不会嫌冰多。梅尧臣心中当然明白,便常把自己舍不得吃的果品,例如西瓜、蜜桃、荔枝、杨梅等,做成冰镇的,回赠欧阳修。

冰,就这样透亮着。怪不得会有冰心玉壶、冰雪聪明这样的妙词。饱含纯粹情谊的心,就像唐代诗人王昌龄《芙蓉楼送辛渐》里的"洛阳亲友如相问,一片冰心在玉壶",透着冰和玉一般的晶莹和澈亮;也像唐代诗人杜甫《送樊二十三侍御赴汉中判官》中的"冰雪净聪明,雷霆走精锐",透出冰雪洗净过的细腻和敏捷。

想那洛阳的初识,是多么令人开怀,欧阳修后来还作诗《书怀感事寄梅圣俞》(梅尧臣,字圣俞)来表达:"三月入洛阳,春深花未残。……逢君伊水畔，一见已开颜"，梅尧臣也欣然记下"春风午桥上，始迎欧阳公"。二人一见如故，相见恨晚，欧阳修当即写了《七交》七首，分述同游的几个人，写到梅尧臣《梅主簿》时，颇多揄扬之辞："圣俞翘楚才，乃是东南秀。玉山高岑岑，映我觉形陋。《离骚》喻香草，诗人识鸟兽。城中争拥鼻，欲学不能就。平日礼文贤，宁久滞奔走。"梅尧臣则说："欧阳修与为诗文，自以为不及。尧臣益刻厉，静思苦学。"

这样的相识，是人生中最美好的遇见，宛若冰一样，闪耀着清润明洁的光辉。

梧桐声声报秋来

又是一年立秋时。

凉风至,白露生,寒蝉鸣。秋的画面,印染着金色的霞光。"一叶梧桐一报秋,稻花田里话丰收。"梧桐,便是秋的使者,她的叶儿牵着秋的手,仿佛融了音乐的旋律、和声、节奏,笑吟吟地,舞在天地间。

梧叶报秋来

秋天的到来,是伴着梧桐,有着特别的仪式感的。

最具代表性的,是在宋代。立秋这天,皇宫内的人要把栽在盆里的梧桐移入殿内,等到立秋时辰一到,太史官便以雄浑悠长的嗓音,抑扬顿挫地奏道:"秋来了。"语毕,梧桐竟应声落下三片叶子。秋,就这样到了。

真是余味深长。梧桐叶儿在一声召唤中迅然飘落,好似琴弦悠然而动,汩汩流淌出金色的旋律。那宋人,真是浪漫而多情;那梧桐,又是多么懂得人和秋的心意。人与自然,真正相融在不断成长的岁月中。

古人非常看重梧桐,在他们眼中,梧桐是有灵性的草木、树

中佼佼者、能知时知令。《遁甲书》说："梧桐可知日月正闰。生十二叶，一边有六叶，从下数一叶为一月，至上十二叶，有闰十三叶，小余者。视之，则知闰何月也。""梧桐不生，则九州异也。"

古人还很早就把梧桐与同样有灵性的鸟中高贵者凤凰联在一起，《诗经》的"凤凰鸣矣，于彼高冈。梧桐生矣，于彼朝阳"就展示了这样绚美的画面：作为雄鸟的凤与作为雌鸟的凰相和而鸣唱，圆润和谐的歌声飘飞山岗，梧桐则身披灿烂朝阳，蓬勃生长着。凤凰"自歌自舞，其声若箫"（中国先秦古籍《山海经》语），梧桐仿佛弹奏的琴瑟，与凤凰相随。此情此景，不正是《琴箫中和》吗？

而梧桐真是可以做琴瑟的，华夏民族人文先始伏羲发明的琴、瑟，就是以梧桐为主材。《古史考》说："伏羲作琴、瑟。"记载了从上古传说至明末历史的纲目体通史《纲鉴易知录》也说："伏羲斫桐为琴，绳丝为弦；绠桑为瑟。"当时，伏羲看到祥瑞之鸟凤凰"非梧桐不栖"，认为梧桐也是神灵之木，用来做歌颂天地的琴是最好不过了。伏羲便叫人把梧桐砍来，选择三丈三尺高的，截成三段，以"三"来象征天、地、人。他还用手指敲弹梧桐木料，听音选材。他认为音太清或太浊，木质便会过轻或过重，清浊相济的才轻重相宜，适宜为琴。他把琴的长度定为三尺六寸五分，象征一年365天；把琴身做成上圆下平，象征中国古代天圆地方的学说；把琴弦定为五根，与中国古典哲学核心五行"木、火、土、金、水"相合，也合五音"角、徵、宫、商、羽"。后至周文王、周武王时代，五弦琴变成了文武七弦琴。周文王被商纣王囚禁于羑里，思念长子伯邑考，加弦一根，是为文弦；周武王伐商纣王，加弦一根，是为武弦。

伏羲真是有心而讲究的，这样的人才能听到梧桐里深藏的奇妙之声吧。东汉文学家、音乐家蔡邕也感知过梧桐之声。那时他经过吴会之地（约为今湖北一带），看到一个老农在烧柴做饭，突然觉得被烧之柴发出的声音异常入耳，便认定是一块斫琴的良材梧桐，忙把这段木材从火中抽出来，一看果然是梧桐。不久请人做成琴，把烧焦的一段做成琴尾，取了个艺术范的名字：焦尾琴。

梧桐也一点都没有辜负人们的心，她高大挺拔、树干光洁、无节直生、文理细而体性坚，能活百年以上，确是做琴的最佳材料。梧桐琴，更是被魏晋时期音乐家、文学家嵇康用一篇《琴赋》，描述成了世间最美的存在："含天地之醇和兮，吸日月之休光。"这个旷达自由、烂漫率性的美男子，不爱洗澡，"头面常一月十五日不洗"，但每次弹梧桐琴之前，却一定会把手洗得干干净净。在他看来，梧桐吸收了天地日月之精华，令人敬仰。

梧桐，就在那一点一点打动人心的旋律中，应和着天地之音。

桐叶无戏言

梧桐不仅引得凤凰来，还常常引得人们跟和与流连。

作为桐的一种，她与青桐、白桐、冈桐一起，被历代医药学家详尽描述。南朝宋齐梁时期医药学家陶弘景说："桐树有四种：青桐，叶、皮青，似梧而无子；梧桐，皮白，叶似青桐而有子，子肥可食；白桐，一名椅桐，人家多植之，与冈桐无异，但有花、子，二月开花，黄紫色，……冈桐无子。"明代医药学家李时珍也说，"盖白桐即泡桐也""其花紫色者名冈桐""青桐即梧桐之无实者"，李时珍无疑格外重视梧桐，在《本草纲目》木部中，他列了"桐"之后，又单列了"梧桐"。

梧桐在人们的日常生活中也用处颇多，她的树皮可用于制作绳索和纸张，种子和果实可以食用或榨油。她的树皮、茎叶、花果、种子等都可以入药，有消痈除疽、消肿排毒、清肝明目等功效，把她的树皮炙焦研成粉末，加清水或蜂蜜调汁后涂抹头皮发根，可以防治须发早白。梧桐还是优良的绿化、美化、净化树种，能防止二氧化硫、氯气等有毒气体的侵袭。

最有趣的，是她的树叶。那阔大的、一般长和宽均为10至22厘米、呈三角状卵形或椭圆形的树叶，是立秋时节小孩儿爱拾捡玩耍的。西周初期幼年继位的周成王（周武王的长子诵）还把梧桐叶玩成了典故。

那一年立秋，恰逢梧叶飘落，周成王随意拾起一片梧桐叶，剪成圭状，对弟弟叔虞（周武王次子）说："以这个封你到唐地为侯。"圭，古时写作珪，是古代帝王典礼时手执的一种上圆下方的长形玉制礼器，象征高贵，表示信符，用于区分爵位等级。很快，辅佐国事的周公旦（周武王的弟弟）奏请周成王择吉日册立叔虞。周成王听后不以为意，说："我们在做游戏，我只是和叔虞开玩笑呢。"周公旦则严肃地说："天子没有玩笑话，说出来的话都会被史官记载下来，然后行之于礼，见之于乐，一言九鼎。"周成王便接受了周公旦的意见，把唐地封给了叔虞。叔虞即载入史册的唐叔虞、晋国的开国始祖。

这是《吕氏春秋》和《史记》都记载了的"剪桐封弟"，"君无戏言"也诞生在这个故事中，剪桐也开创了剪刻艺术的先河。人们学周成王，把梧桐叶剪成各种形状，用来装饰庭院家居。一些相爱的青年男女还别出心裁,把梧桐叶剪成心形,作为信物互赠。剪桐这一手法和战国时期出现在皮革、银箔等物品上的镂空刻花一样,都与纸张产生后的剪纸同出一辙,也是剪纸的起源。

音乐家更是不忘梧桐,用梧桐琴伴着"剪桐封弟"轻轻传唱。桐叶无戏言,像一个个坚定的音符,立在乐谱中,婉转成浓淡相宜、高低相配的和声。飘落的梧桐叶,从始于报秋,继而天下知秋,引申为"见叶落而知岁之将暮",以小明大。

绵绵乐谱里,也跳跃着不同的音符,唐代文学家、哲学家柳宗元以"辨"这种用于辨析事物是非真伪并加以判断的论说文体,作《桐叶封弟辨》,发表了不同的意见。他就大臣应如何辅佐君主这一问题,批评了君主随便的一句玩笑话、臣子也要绝对服从的现象,主张不能盲从,要符合客观规律。他觉得,周公旦只是认为君王说话不能随便罢了,难道一定得要遵从"戏言"办成"封弟"这件事吗?他还假设,如果周成王把削成圭形的梧桐叶跟嫔妃和太监之类的人开玩笑,周公旦也会提出来照办吗?

在那个时代,发表这样的观点也需要非同一般的胆识和见识。

君子无戏言、言而有信、行必中正,却是君子的风范。梧桐,也气势昂扬地立在君子之风中。周成王更是牢牢记住了那一片梧桐叶,一生不敢有戏言。

梧桐兼细雨

也许是秋天落叶的缘故,梧桐也染上忧愁。

古人把四季加"长夏"为"春、夏、长夏、秋、冬",在五行"木、火、土、金、水"中,秋对应金,在五种情志"怒、喜、思、悲、恐"中，秋对应悲，在五声"呼、笑、歌、哭、呻"中，秋对应哭。因此，秋天、秋风虽然被称为金秋、金风，清平而和悦，但也常常令人悲秋而泪流。泪和雨也常常如影随形，君不见那泪如雨下呀。梧桐又是桐的一种，桐被中国现存最早的药物学专著《神农本草经》列为"下品"，下品为佐、使，主治病以应地，多毒，不可久服，欲除寒热邪气，破积聚，愈疾者，本下经。使用梧桐的任一部分来治疗疾病前，都须得经过专业炮制和加工，以此防毒。且"下品多引悲"。梧桐、细雨、伤悲便仿佛不请自来。

写梧桐比较多的算是宋代婉约派代表词人李清照了，她的《行香子·七夕》："草际鸣蛩，惊落梧桐，正人间天上愁浓"；《念奴娇·春恨》："被冷香消新梦觉，不许愁人不起。清露晨流，新桐初引，多少游春意"；《鹧鸪天（寒日萧萧上锁窗）》："梧桐应恨夜来霜"；《忆秦娥（临高阁）》："断香残酒情怀恶，西风催衬梧桐落。梧桐落，又还秋色，又还寂寞"，以及脍炙人口的《声声慢（寻寻觅觅）》："梧桐更兼细雨，到黄昏、点点滴滴"，无一不是愁、愁、愁。

若不是后半生经历了国破家亡和颠沛流离，李清照不会这么愁。她出身于书香门第，父亲李格非为进士出身，是北宋文学家苏轼的学生。她自幼受家学熏陶，聪慧颖悟，"才高学博，近代鲜伦""诗文典赡，无愧于古之作者"。18岁时，她与时年21岁的太学生赵明诚在汴京成婚。婚后，二人琴瑟和弦，共同致力于古籍书画金石的搜集整理，度过了人生中最难忘的和美岁月。前半生的优裕生活中，她家的庭院里常种植有梧桐。

梧桐和细雨，也早已是经典的文学意象。唐代诗人温庭筠的

《更漏子·玉炉香》："梧桐树，三更雨，不道离情正苦。一叶叶，一声声，空阶滴到明。"北宋文学家晏殊的《撼庭秋·别来音信千里》："碧纱秋月，梧桐夜雨，几回无寐。"这些都令人黯然神伤。

当冷雨敲打着阔大的梧桐叶，节奏清清，回声荡荡，韵律明明，一点点，一滴滴，仿佛与心上的忧伤，汇流成河。选择梧桐兼细雨作为忧愁的衬托，是真正的文人在以特别的形式表达着对梧桐的爱，只有高贵的梧桐，才配得上心灵深处的忧愁。梧桐还能写作桐、梧桐、梧桐树等，单独成字、词、句，在有词牌韵律约束的诗词里，更有挥洒的自由。

于是，梧桐细雨，已不仅仅是个人感受，而是超越了时空的亘古不变的感怀。一掬梧桐雨，足以慰风尘。

处暑摘新棉，开花不见花

"离离暑云散，袅袅凉风起。"处暑，在云淡风轻中，姗然而来。

处，是终止的意思。处暑者，出暑也。一年的暑热，在这个时候结束。

农谚云：处暑好晴天，家家摘新棉。棉花，就在这个时候，伴着天上行云，绽开了如花笑脸。

贴心小棉袄

处暑时节破苞而出的棉花，真是好看的。她很像这个时节天上那舒卷而自如的云彩，散在轻描淡写之间，扬起漫漫暖意。

处暑摘新棉，也像是在摘着漫天的云朵。贴在指间轻掐慢捻的，是绵绵的柔情、久久的蜜意。心头，就在恍惚间，被温柔款款环绕。难怪生有好女儿的妈妈，总是把女儿称为贴心小棉袄。那可儿，不就像棉花一样，盈盈地絮满心田、暖在心间吗？

而棉花并不是真正意义上的花，她只是一种植物的种籽纤维。这种锦葵科棉属植物开出的植物学意义上的花朵是乳白色的，开花后不久转成深红色，凋谢后即留下小型的绿色蒴果，即

棉铃。棉铃内有棉籽，棉籽的茸毛慢慢从棉籽表皮长出，长满棉铃内部。棉铃在这个时节成熟，裂开后涌出一团团白色或白中略带微黄的如花儿一般的柔软纤维，就是棉花。

棉花最早的名字也有点女性化，古终、白叠、橦华、戴等，梵书还谓之睒婆，又曰迦罗婆劫，这多是以梵文的称呼转译的。棉花原产地为印度和阿拉伯，最迟在南北朝时期辗转传入中国，最初多在边疆种植，至宋末元初才大量传入内地。棉花传入中国之前，中国只有可供充填枕褥的木棉，没有可供纺织的棉花。因此，宋代以前，中国只有带"丝"之偏旁的"绵"字，没有带"木"之偏旁的"棉"字，"棉"字是从《宋书》起才开始出现的。棉花的称呼，主要源于她可以纺织等性质和宛若花朵一般的形状。

南朝宋时期学者沈怀远《南越志》把棉花描述得比较详细："所谓桂州出古终藤，结实如鹅毳（cuì），核如珠珣，治出其核，纺如丝绵，染为斑布者，皆指似草之木绵也。"棉花的好处也很多："此种出南番，宋末始入江南，今则遍及江北与中州矣。不蚕而绵，不麻而布，利被天下，其益大哉。"

棉花，也格外令女性喜爱。尤其是在女性地位不高的年代，棉花的白净、松软、暖和、安静，足够抚慰人心。宋末元初年间，出生于松江乌泥泾镇（约为今上海徐汇区华泾镇）贫苦家庭的女子黄道婆流落到有千余年棉花种植史的崖州（约为今海南岛南端的崖县）时，就被棉花深深吸引。这种吸引汇成一股力量，让她在人生地疏的崖州生活了三十余年，学会了种棉、棉纺、棉织的全部技术。回到家乡乌泥泾镇后，她又传播这些技术，并对落后的纺织工具进行改革，如以轧车去除棉籽、以四尺大弓击弦弹棉、以足踏三锭纺车纺纱等。那足踏三锭纺车是当时世界上最先进的棉纺车，比英国发明家詹姆士·哈格里夫斯于1765年发明的以他女儿珍妮名字命名的珍妮纺纱机要早四百多年。

棉花，在黄道婆手里创造了奇迹。她采用"错纱配色，综线挈花"等织造技术，织出的被、褥、带、帨，"其上折枝团凤棋局字样，粲然若写"。当时的女子和小孩儿都喜欢黄道婆的棉花制品，还编唱出一首歌谣："黄婆婆，爱棉花，教我织来让我花（花同华，有漂亮之意）。"元代也有诗人称赞："崖州布被五色缫，组雾纴云粲花草。片帆鲸海得风归，千柚乌泾夺天造。"到了清代，人们将棉纺织家、技术改革家黄道婆尊为布业的始祖。

棉花，也成就了黄道婆。这位约十二岁时就被卖作童养媳的女子，因为不堪虐待，在某天深夜逃入一座道观，被道姑带上海船，才流落到崖州。那如花似玉的少女时光中，做女儿的她无法成为妈妈的小棉袄，连一个好听一点的女孩样的名字也没有，"黄道婆"这个名字还是道姑取的。好在，有棉花，令少时的孤苦，消泯在纯洁的温暖中。

棉花，会温暖有心人。

铿锵棉花图

棉花的到来，让人们收获了许多欣喜。

棉被、棉衣、棉裤、棉鞋、棉袜、棉帽、棉手套，让之前只能用树叶、稻草、兽皮、蚕丝、羊毛、葛、麻等物品来抵御严寒的古人，生活品质大大提高，种植棉花也成为一项重要农事。处暑时节的清新阳光，飘洒在穿梭于朵朵新棉间的劳作者身上，绘成一幅旖旎的田园图。

清代直隶总督方观承也喜欢这样的图画，他认为种棉"功同菽粟"，只有使老百姓种棉纺织，才能使"衣被周乎天下"。他也真的在乾隆三十年（1765年）时主持绘制了一幅《棉花图》，概括了种植、管理、织纺、织染等全过程。当时，乾隆皇帝南巡，途经河北保定时视察了腰山王氏庄园的棉行，方观承即以此为背景，将画有布种、灌溉、耕畦、摘尖、采棉、拣晒、收贩、轧核、弹花、拘节、纺线、挽经、布浆、上机、织布、练染的16幅图谱装裱成册，每图都配有文字说明，书前还收录了康熙皇帝的《木棉赋并序》。

《棉花图》让重视民生的乾隆皇帝倍加赞许，他欣然执笔为每幅图都题下一首七言绝句，例如，在《灌溉图》中，他题的是："土厚由来产物良，却艰治水异南方。辘轳汲井分畦溉，嗟我农民总是忙。"在《织布图》中，他题的是："横律纵经织帛同，夜深轧轧那停工。一般机杼无花样，大辂推轮自古风。"诗中洋溢着浓厚的生活气息和真实的情感。《棉花图》便又名《御题棉花图》，成为迄今为止世界上最早且较为完备的棉作学图谱。

方观承任直隶总督二十余年，深得乾隆皇帝信赖。他早年坎坷，在朝中做官的祖父、父亲因受他人案件牵连均被流放，他少时曾在寺中寄宿，也曾流落街头，成年后曾靠摆摊测字谋生。某一天，他的小摊被偶然路过的平郡王福彭光顾，福彭被他的测字智慧打动，带他到府中做幕僚，没多久又引荐给雍正皇帝，成为七品的内阁中书。接下来他用17年时间一路升迁至一品的直隶总督。他是历史上少有的没有经过科举考试，而直接走上仕途的人。他任职期间，曾有人以他的女性家眷用棉花制品做巫蛊用具之类罪名来弹劾他，但乾隆皇帝都不予采信。

当然，"巫蛊"事件也属于莫须有，方观承的女性家眷只是用棉制品来打扮自己和装饰居室而已。古代爱美的女性会把棉花加工成各种装饰品，例如把棉花织染成五颜六色的棉线，扎成各种图案，挂在帐前、镜边、窗下，这也是现代中国结的雏形。她们还把棉线做头饰、项链、手链、香囊和手袋的系带等。现代歌剧《白毛女》中，杨白劳给他女儿喜儿买的红头绳，就是这样的头饰。剧中父女俩对唱的"人家的闺女有花戴，我爹钱少不能买，扯上了二尺红头绳，给我喜儿扎起来"，说的是穷人家的女儿只用得起红头绳，也可见红头绳普遍受到欢迎。

《御用棉花图》诞生后，方观承越发珍惜，他又特意将图谱刻在二十块端石上，以精细的线条、苍劲的笔法，展示乾隆皇帝的题诗和栩栩如生的人物形象。各方辛苦，都在这难得的石刻艺术珍品中显现出来。

棉花很美，爱棉不易。

提灯的天使

棉花最令人敬佩的，还是她畅行在医疗领域里的功能。

棉花和棉籽都有用。性味甘温的棉花，无毒，燃成灰，可以治疗血崩、金疮。性味辛热的棉籽，虽然有微毒，还会损害眼睛，但是经过严格而专业的炮制和加工后，可以治疗恶疮疥癣，还可以提炼出棉籽油，燃灯。

棉花，就被做成棉签、棉球、棉片等一次性医用棉制品，经过专业消毒后，沾酒精、硌合碘、各种药水，清创、杀菌、止血，那受伤的身体就慰帖了。棉籽油灯，也成为光明使者。

把棉花做医用棉也有讲究，须将棉花经过化学处理去掉脂肪，成为脱脂棉，即把棉花除去夹杂物，脱脂、漂白、洗涤、干燥、整理加工才成。脱脂棉比普通棉花更容易吸收液体，是卫生用品，也可以用来制造硝酸纤维，又称药棉。

护理事业的创始人和现代护理教育的奠基人弗洛伦斯·南丁格尔（1820—1910）就懂得使用棉花。在护理伤病员时，她大量使用医用棉，并坚持一次性使用，以防传播疾病和交叉感染。她还从专业角度，引申阐述护理的重要性。她认为，很多生命的消亡，都是由于没有得到正确而专业的护理导致的。

在英国、法国、土耳其联军与沙皇俄国的克里米亚战争（1853—1856）中，英国参战士兵的死亡率高达42%，南丁格尔通过分析堆积如山的军事档案，指出主要原因是在战场外感染疾病和受伤后没有得到适当护理。于是，她主动申请担任战地护士，率领38名护士抵达前线服务于战地医院，并拿出个人储蓄，为伤病员购置医用棉等医疗用品、必需的食物和生活用品。通过专业的护理，仅用半年时间就使伤病员的死亡率下降到2.2%。这种奇迹般的效果引起震动，护理工作的重要性终于为人们所承认。后来，人们把5月12日南丁格尔生日这一天定为国际护士节。

每当夜幕降临，南丁格尔就提着一盏小小的棉籽油灯，沿着崎岖的小路，到战地医院逐床查看伤病员。士兵们亲切地称她为"提灯女神"。有伤病员记录下这样的文字："灯光摇曳着飘过来，寒夜似乎也充满温暖……我们几百个伤员躺在那，当她来临时，我们挣扎着亲吻她那浮动在墙壁上的修长身影，然后再满足地躺回枕头上。""壁影之吻",是对天使由衷的赞美。

　　这位出身贵族家庭的女子,虽身处上流社会,却从小就乐于帮助和照顾有困难的人,哪怕在花园别墅消夏避暑时,都不忘救助花园外的病人和穷人。她在日记中写道:"不管什么时候,我的心中,总放不下那些苦难的人……"她不顾家人的坚决反对,立志成为一名护士,为了理想,她终生未嫁。

　　稍有闲暇,南丁格尔就会做些棉签、棉球、棉片等备用。那灵巧白皙的手儿,拈撕出几缕脱脂棉,包住小竹棍顶端缠绕旋转几圈,紧成上厚下薄的棒槌状,即成棉签;放入微握的手心里轻拢小捻一下,所成蓬松的圆球形,即成棉球;夹进两片四方薄纱布之间,展成均匀适中的大小方块,即成棉片。

　　真喜欢这宁静而安详的制作时光,也喜欢那灯影摇曳的时刻。生命和棉花,在那样的时候,都得到善待的好运。

白露打枣,果红点点留玄机

白露,富有诗意的节气名。

古人以四季加"长夏",与五行"木、火、土、金、水"、五色"青、赤、黄、白、黑"相配,秋属金,金色白,故以白形容秋露,白者露之色也。那附着在花草树木上的露水,若是有清晨阳光照拂,更是显出莹白清亮一片。

枣,也跟着白露,熠熠生辉。"白露打枣"的农谚,"衰荷滚玉闪晶光,一夜西风一夜凉。雁阵声声蚊欲静,枣红点点桂流香"的节气诗,早就把枣和白露连在了一起。

然而,枣的点点灵气,从历史长河走来,在露的纯纯白光中呈现的,却不仅有美,还有更多。

枣之藏毒

白露打下的枣,从模样到滋味,都最为怡人。

进入白露,气候日益干燥。用灵气逼人的枣,来降伏秋燥之火,调理因夏天的困乏而食欲不振的脾胃,是比较理想的。适当地食用枣,可以安定心神、平和脾胃、充盈气血,泡水、熬汤、煮粥、酿酒,都适宜。特别是红枣,为枣中翘楚,在西周时期就

被选为上乘贡品，那时的人还把红枣经过发酵等工序后，酿成红枣酒。"秋来枣香铺满地，枣酒迎客醉不归。"那一片枣红，把白露染得更美了。至今，红枣都被视为滋补佳品。

不过，枣的独特，不在于性情醇厚温和，也不在于味道甘美香甜，而在于一个非常特殊的作用：藏毒。

历史上最善于利用枣这一独特作用的人，应该是三国时期的魏文帝曹丕。在一桩和他有关的历史谜案"毒枣杀弟"中，枣，被他发挥到了"极致"。

据说曹丕登基为帝后，十分忌惮骁勇壮猛、手握兵权的同胞弟弟、任城王曹彰。趁着和曹彰在母后卞太后宫中下围棋的机会，曹丕带上枣当零食，他事先把毒药放进枣蒂里，精心做下标记，自己挑选没有放毒的吃，让曹彰把有毒的和没毒的混着吃下。这也是南朝宋时期文学家刘义庆在《世说新语》中为人们提供的一种版本："魏文帝忌弟任城王骁壮，因在卞太后阁共围棋，并啖枣。文帝以毒置诸枣蒂中，自选可食者而进。王弗悟，遂杂进之。"

枣，居然可以充当杀人工具，着实令人始料不及。而枣之所以能够承载毒药，是因为相对于其他水果或食物而言，枣肉特有的纤维结构有利于吸纳毒液。而且，枣蒂在枣中占的比例相对较大，便于涂抹毒药成为毒源。最重要的一点是，枣品质稳定，不容易氧化，不会因为沾染了毒药而变形变色。

枣可以藏毒，早在中国古代儒家主要经典之一的《周礼》中就有记载。当然，古人的初衷是"聚毒药以供医事"，是用枣藏毒来救人，而不是害人。中国医药学用毒药治病的历史极其久远，某些大毒之药攻克顽症痼疾效果显著。而治病的同时又必须注意趋利避害，古代医药学家便常常将毒药和另外一些性味相对平和、作用比较稳定、不容易被毒侵蚀和破坏的药物来配伍，以此来调和药性，避免或减少毒药对人体的损伤。枣，就是符合条件的盛毒、减毒的载体。例如，枣与大毒而又具有破血逐瘀、散结消癥、攻毒蚀疮等功效的斑蝥放在一起，治疗反胃吐食、小肠气痛等症并反复发作者，就疗效很好，可以在一枚去核的大枣中，放入一枚去了头、翅的斑蝥，用纸包好煨熟，去斑蝥而食枣。还有，十枣汤这个有泻下逐水之功的方剂中，十颗枣是方中重要成分，同时也是用来缓解方中其他成员，芫花、甘遂、大戟之类有毒药草的毒性的。

不过，枣之类藏毒载体的作用毕竟有限，当被藏之毒的毒性过大、浓度过高且与藏毒载体的药性相反或相克时，那载体便不能减轻或缓解毒性了，只能任凭食用者被毒药吞噬。对健康的人或是药不对症者而言，食用这样的"毒"，更是面临着可怕的结局。

曹丕无疑通晓医药知识，他一定在枣蒂里藏下了与枣完全没有融合点的高浓度剧毒药。到底是何种毒药，我查阅了许多资料，都无从考证。曹丕成功地将枣塑造成大毒剧的主角。

"本是同根生，相煎何太急。"

枣来不易

枣的到来，让白露更具嘉容。

相传，枣是被中华民族始祖黄帝发现的。那正是白露时节，黄帝带领族人到野外狩猎，行至山谷时，一行人都感到饥饿而疲劳，便开始寻找食物。黄帝找了很久，发现半山的几棵大树上结着果实，颇为诱人，连忙带着众人采摘品尝，发现这果儿甘甜中带着微涩，分外解饥止渴，吃完后觉得疲劳也消了。高兴之余，大家请黄帝为这无名果儿命名。黄帝说："此果解了我们的饥劳之困，一路找来不容易，就叫它'找'吧。""找"之果由此诞生。后来仓颉造字，根据"找"树的形状和特性等，把"刺"字的右边偏旁叠起来，创造了"枣"字。

枣，既指鼠李科落叶灌木或小乔木植物枣树，也指枣树的成熟果实。她以有趣而有情的开篇，携充实而丰富的内涵，延绵在人们的生活中。只是，来之不易的枣被曹丕使用后，就令人"心有戚戚焉"。

曹彰中毒后，卞太后想找水让他喝下以达到排毒解救的目的，可曹丕为了充分发挥"毒枣作用"，早已做好各种"防护"措施，他事先就命令手下把装水的瓶罐都打碎了。匆忙间，卞太后光着脚赶到井边，也没有找到打水的用具。最后，她只能眼睁睁地看着曹彰走向生命尽头。《世说新语》的细节描写也很丰富："既中毒，太后索水救之，帝预敕左右毁瓶罐，太后徒跣趋井，无以汲，须臾，遂卒。"

当然，枣即便不藏毒，也不是全无使用禁忌。虽然中国现存最早的药物学专著《神农本草经》将枣列为上品，上品为君，主养命以应天，无毒，多服，久服不伤人，欲轻身益气，不老延年者，本上经。但是，宋代医药学家大明说："有齿病、䘌病、虫蠚人不宜啖枣，小儿尤不宜食。又忌与葱同食，令人五脏不和；与鱼同食，令人腰腹痛。"明代医药学家李时珍也说："今人蒸枣多用糖、蜜拌过，久食最损脾、助湿热也。啖枣多，令人齿黄生蠹。"蠹，即小虫。过多食用枣会引起胃酸过多和腹胀腹泻，孕妇如果有腹胀现象就更不要吃枣了，只可以喝喝红枣汤，否则有可能失去胎儿。食用生枣最好除去枣皮，因为生枣皮容易滞留在肠道中不易排出，会引起腹痛。腐烂的枣是完全不能食用的，腐烂枣在微生物作用下会产生果酸和甲醇等，食用后会出现头晕、视力障碍等中毒反应，严重时会危及生命。

好在，枣的毒副作用不会掩盖她的美，她被民间视为"铁杆庄稼""木本粮食"之一，《诗经·豳风·七月》早用"八月剥枣，十月获稻"的描述，展示出了她的丰美。她治疗心腹邪气、虚弱劳损、烦闷不安等症的效果挺不错，还能养肝、防癌、抗衰老等，民间有"日食三颗枣，百岁不显老"之说。

枣的丰收，意味着丰年。

枣不囫囵

枣，还含着隐约的风趣。

她带来了"囫囵吞枣"这个比喻对事物不加分析思考、笼统接受的成语。

据说，古代有个学生得知，"梨有益于牙齿，但吃多了会伤脾；枣有益于脾，但吃多了会损伤牙齿"，便铆足劲儿，想出一条"妙计"，他说："那我吃梨时光嚼不咽，就不能伤脾；吃枣时整个儿吞下去而不嚼，就不能伤牙齿了。"元代学者白珽把这个趣事写在《湛渊静语》中："客有曰：'梨益齿而损脾，枣益脾而损齿。'一呆弟子思久之，曰：'我食梨则嚼而不咽，不能伤我之脾；我食枣则吞而不嚼，不能伤我之齿。'狎者曰：'你真是混沦

(同"囫囵")吞却一个枣也。'遂绝倒。"

跟着这个有些愚钝的学生,枣使人展颜大笑。欢笑中,再来看鲁迅先生的《秋夜》,更觉得别有深意。"在我的后园,可以看见墙外有两株树,一株是枣树,还有一株也是枣树",独具匠心的开头,引出意象空灵、语言精致、结构严谨的短文,以柔软玲珑的枣来礼赞坚强与勇敢、清醒与冷静。早年学医的鲁迅,对枣的本质非常清楚,所以他用枣做出的引申、象征、感叹都颇为相宜。更重要的是,相比曹丕,鲁迅先生对枣的懂得,隐含着一层深深的暖意。

与枣共度的温暖时光,曹丕也是有过的呀。天真烂漫的光华里,白露未晞的时候,他带着弟弟们在枣树下尽情玩耍。和煦的阳光,轻轻拂在那扬起的稚嫩的脸上。枣树上的枣,由家仆们打落下来。一颗一颗的,被小手儿端在盘里、捻在指间,端详、品尝。"秋来红枣压枝繁,堆向君家白玉盘。"那份好光景,真像后来北宋文学家欧阳修在《寄枣人行书赠子履学士》里的诗句一样。

然而,枣的芬芳没能长留于曹丕心中。曹彰逝去后,曹丕还想接着除去另一个同胞弟弟东阿王曹植,被卞太后制止。卞太后说:"你已经杀了我的任城王,不能再杀我的东阿王了!"母亲的悲愤与激烈,终于让曹丕住手。枣,也终于在这桩落下帷幕的毒案中退场。

想当初,曹丕与父亲曹操、弟弟曹植在政治上的地位和文学上的成就,对他们所处的建安时期产生了很大影响,他们是建安文学的代表,被合称为"三曹"。他们与那个时期的文人雅士一起,以意境宏大、笔调朗畅、雄健深沉、慷慨悲凉的风格彰显了

"建安风骨"或"魏晋风骨",造就了文学史上一个辉煌的时代,对后世影响极为深远。鲁迅先生也赞道,建安是文学的自觉时代。

那样的璀璨,多么令人振奋。

可惜,猜疑、倾轧、辗杀,远去了曹操的"古直悲凉"、曹丕的"便娟婉约"、曹植的"文采气骨兼备",唯留下枣的孤单。

感慨间,我相信,枣,与毒共舞时,依然葆有本性的温存和善意。我更愿意看到,枣暖在人们心里、眼中,红红火火地愉悦着每一寸光阴。

秋分卸梨滋味长

秋分，秋色平分，秋意浓浓。

"分"为"半"之意。一年中，"立秋"为秋季开始，"霜降"为秋季结束，"秋分"正好是立秋至霜降的中间。秋分这天，白天和黑夜一样长，各12小时，"阴阳相半也，故昼夜均而寒暑平"。

中国从2018年开始，将每年秋分日设为"中国农民丰收节"，既体现了国家对农民和农村的重视，也饱含有了五谷丰登、百果归仓的祝愿。

"秋分卸梨"。梨，美在这均匀秋色中，于天于地于人，都富含着足够的分量。

梨之利

梨树，最初是被称作"利树"的。

河北省赵县古称赵州，盛产雪花梨，种植历史悠久。当地有这样一个传说：很久以前，大安村一带很多老百姓都咳嗽不已，用了各种办法治疗都不见效，许多人相继去世。一天，一位老年妇女带来一棵树，指导人们把树栽上，告诉他们第二年秋分时节

吃这棵树上结的果子就可以治好咳嗽。第二年，人们吃了这种果子，果然不咳嗽了。大家便纷纷从这棵树上剪枝插栽，每年秋分时节都食用这树上结出的果子，再也不受咳嗽的折磨。大家觉得这树对人有利，就叫它"利树"。后来，仓颉造字时，见它是果木，就在"利"字下加了一个"木"字，树便叫"梨树"，树上结的果子就叫"梨"。人们把那位送梨树的老妇尊为"梨花娘娘"，并在村口建庙祭祀至今。

"梨者，利也"，元代医药学家朱震亨说得没错，"其性下行流利也"。梨可"润肺凉心，消痰降火，解疮毒、酒毒"。明末清初医药学家李中梓在《本草通玄》中也提到，梨具有"生者清六腑之热，熟者滋五脏之阴"的功效。梨性寒、味甘、微酸，入肺、胃经，可用于热病津伤、消渴、咳嗽、便秘等症的治疗。

梨之利，体现在她的实用性上。最早人们吃梨，注重的就是梨良好的润肺降火效果。魏文帝曹丕曾诏曰："真定御梨大如拳，甘如蜜，脆如菱，可以解烦释愦。"人们特别注重在秋分时节来享用梨之利。到了唐代，还诞生了秋梨膏。当时，唐武宗李炎出现口干舌燥、心热气促之类病症，吃了很多药都没有效果。御医和满朝文武非常着急，遍访医方，访得一名道士。道士呈上一份以梨为主、配伍蜂蜜等物熬制的蜜膏，请皇上秋分时节服用。唐武宗遵医嘱服用后，病就好了。慢慢地，秋分时节吃梨，变成宫廷美味。再流传下来，民间也喜欢秋分食梨。

秋分食梨，确实是很好的养生方法。秋分时节，燥气易伤人津液，日常饮食宜吃一些生津、滋阴、润燥、清热的食物，以补充体内损耗。这个时节成熟的梨，是最佳选择。可以单吃、生吃、蒸煮着吃，还可以搭配冰糖、蜂蜜、银耳、枸杞等一起熬制着吃。不过，梨不可多食，"多食令人寒中萎困"，"金疮、乳妇、血虚者，尤不可食"。中国历代医家陆续汇集而成的医药学著作《名医别录》将梨列为下品，下品为佐、使，主治病以应地，多毒，不可久服，欲除寒热邪气，破积聚，愈疾者，本下经。

而梨之利，除了实用，还很有思想。她的利，蕴藏在"秋"里，出自阐述天地世间万象变化的古老哲学经典《易经》，是乾卦的卦辞之一，"乾：元，亨，利，贞"。

乾为天，刚健中正。乾卦是《易经》第一卦，乾卦是根据万物变通的道理，以"元、亨、利、贞"为卦辞，以示吉祥如意。在古人眼里，元、亨、利、贞代表仁、礼、义、正和春、夏、秋、冬。元，始也，万物之始，于时配春，春时万物之发生，春以初生得其元始之序；亨，通也，万物之长，于时配夏，夏时万物之长养，夏以通畅含其嘉美之道；利，和也，万物之遂，于时配秋，秋时万物之成熟，秋以成实得其利物之宜；贞，正也，万物之成，于时配冬，冬时万物之收藏，冬以物之终而纳于正之道。由此，贞下起元、周而复始，自然万物生成的全过程，是阴与阳的和谐统一。展现在人们眼前的，是日月往来、寒暑交替、老幼更替、生生不息。

秋与利相配，这才有了万物之熟、利物之宜。梨因利得名，又因利传世。那秋色浓厚的秋分时节摘下的梨，也一并融合在这朴实无华而又博大精深的古代哲学思想中，有义、有吉、有道。

让梨人

梨，有谦有让。

孔融让梨的故事，大家都很熟悉，南朝宋时期历史学家范晔把这个故事编进了《后汉书》："年四岁时，与诸兄共食梨，融辄引小者。大人问其故，答曰：'我小儿，法当取小者。'由是宗族奇之。"《三字经》也收录："融四岁，能让梨。"

因为梨，孔融出名很早。不过，让梨的故事也有不同的议论，有人说孔融之所以选小梨，是因为之前受过兄长教训，不敢拿大的；也有人说这"让"太显心机，又有悖儿童天性，且用来博取大人表扬，属于讨好型人格等。也就是从让梨开始，作为孔子的第二十世孙、"建安七子"（东汉建安年间七位有成就的文学家之合称）之首的孔融开始被各种议论包围。

孔融十岁那年，随父亲到京城洛阳。他很想当面认识当时的洛阳名士李膺，便对守门人说自己是李膺先生的亲戚。守门人不敢怠慢，赶紧进屋通报。李膺看到一个陌生的小孩进屋，感到很奇怪，就问他同自己有什么亲戚关系。孔融不慌不忙地说，我俩的先祖孔子和老子有师生情谊（孔子曾向老子请教过关于周礼的问题），因此，我俩是世交呀！一个小孩能随意用老典故建立新关系，令在场宾客十分惊奇。太中大夫陈韪知道这件事情后说，聪明的小孩长大后不一定聪明。孔融笑着说，那您小时候也一定很聪明吧？呛得陈韪不知如何应答。李膺则笑着圆场，你现在聪明，将来肯定更聪明。

这一事件，孔融被人说成是爱耍小聪明、自以为是、锋芒太露。

献帝初，孔融因忤董卓而贬为议郎，出任北海相。刘备表为青州刺史。建安元年，孔融被袁谭围攻，双方从春天战斗至夏天，城内战士仅剩数百人，流矢还是像暴风雨一样袭来，待城内短兵相接时，孔融仍然"凭几读书，谈笑自若"。至夜晚城池沦陷，他才逃奔至太行山以东，妻儿都被袁谭所掳，袁谭完全占据了青州。

这一事件中的孔融，更获差评，除了被指责为志大才疏、装模作样、毫无军事才能之外，还被指责为无情无义、没有担当。

不过，之前孔融在北海国做国相时，还是颇得好评，被时人称为"孔北海"。他修建城邑、设立学校、举荐贤才、表显儒术、奖励进取。只要国人有一点微小的善行，他都加以称赞、以礼相待。国人没有后代及四方游士有去世的，他都帮助安葬他们。

孔融一生忠于汉室，屡屡触怒曹操，最后被曹操斩杀，并株连三族。从他后来的性格特征来看，他四岁时让梨不太可能是"受过训斥，才不敢拿大的"和"讨好"大人。在他的一些议论中，有一部分也可能属于时下所说的阴谋论。

曹丕对孔融的评价还是褒多于贬的。他把孔融比作汉赋名家，在孔融死后还以重金悬赏征募他的文章，他说："孔融体气高妙，有过人者；然不能持论，理不胜辞，至于杂以嘲戏。及其所善，扬（扬雄）、班（班固）俦也。"扬雄是西汉学者，班固是东汉史学家，他俩与司马相如、张衡并称汉赋四大家。

滚滚长江东逝水啊，而让梨的时光，始终熠熠生辉。

梨园情

梨滋生了一个行当：梨园。

梨园的来历，有多种说法。清代乾隆进士孙星衍在嘉庆九年（1804）撰写的《吴郡老郎庙之记》记载："相传唐玄宗时，庚令公之子名光者,雅善《霓裳羽衣舞》,赐姓李氏,恩养宫中教其子弟。光性嗜梨,故遍植梨树,因名曰梨园。后代奉以为乐之祖师。"

唐玄宗李隆基热爱音乐,也很爱吃梨。他让梨园由一个单纯的果木园圃,演变成为一个演习歌舞戏曲的场所,成为中国历史上第一所国立戏曲学校。宋代史学家王溥在他撰写的断代史《唐会要》中记载:"开元二年,上以天下无事,听政之暇,于梨园自教法曲,必尽其妙,谓皇帝梨园弟子。"《新唐书》载:"玄宗既知音律,又酷爱法曲,选坐部伎子弟三百,教于梨园。"

梨园弟子实际上全是皇帝的音乐学生、技艺超群的音乐人,是从太常乐工中精选的,有几百人之众,可谓阵容庞大。唐玄宗亲自担任梨园的崔公(或称崖公),相当于现在的校长(或院长)。"这丝竹之戏,音响齐发,有一声误,帝必觉而正之。"几百人的表演里,唐玄宗能快速辨出谁对谁错并纠正,可见其音乐水平之高。唐玄宗还为梨园创作过作品,诗人贺知章、李白等也都为梨园编写过节目。

李龟年是当时最出色的梨园弟子之一,他和李彭年、李鹤年兄弟三人都有文艺天分,李彭年善舞,李龟年、李鹤年善歌,李龟年还擅吹筚篥、擅奏羯鼓、长于作曲等。他们创作的《渭川曲》特别受唐玄宗赏识,可惜现已失传。由于他们演艺精湛,王公贵人经常请他们去演唱。

诗人兼音乐发烧友王维也在梨园结识了李龟年。据史料记载,王维于开元九年(721)进士及第即任朝廷太乐丞,是掌管乐和礼的官。当时,李龟年是唐玄宗最喜欢的御用乐师,两人的相遇相知是自然而然的事。王维有首脍炙人口的《相思》:"红豆生南国,春来发几枝?愿君多采撷,此物最相思。"很多人把它当作为爱情诗,殊不知这首诗的另一个标题为《江上赠李龟年》,是王维在天宝年间与李龟年别离时所作。

王维还经常送梨给李龟年吃,那蜜甜的梨汁不仅润喉,更滋润了李龟年的心。《相思》也陪伴李龟年度过后来的艰难岁月。天宝末年,安史之乱爆发,唐玄宗仓皇西逃,王维被安禄山的叛军扣留,李龟年也逃到了江南。李龟年颠沛流离之时,唯有《相思》长伴。李龟年这时的歌声,常令听者泫然而泣。他还经常唱王维的另一首诗《伊川歌》,"清风明月苦相思,荡子从戎十载余。征人去日殷勤嘱,归雁来时数附书",以表达对长安、唐玄宗及故友的思念。

杜甫跟李龟年也颇有交情,早年在长安经常见面,惺惺相惜,后因安史之乱而分开。770年,杜甫逆湘水来到潭州(约为今湖南长沙),不巧碰上了李龟年。诗人,音乐家,久未谋面的旧友,重逢在山河破碎残风飘零之际,语言变得非常无力,唯有两行清泪从眸中淌出。悲伤的杜甫吟出了《江南逢李龟年》:"岐王宅里寻常见,崔九堂前几度闻。正是江南好风景,落花时节又逢君。"也就是在这一年,59岁的杜甫客死在湘江飘零的船上。

唐代之后,梨园从皇家戏曲学校逐渐演绎为戏曲行业的雅称,那些从业的演员都被称为梨园弟子。或许,将戏曲行业称为梨园,也是取了梨之利。因为对戏曲演员而言,嗓子很重要,梨是利咽润喉的佳品,梨园弟子得用梨来保护嗓子。

于是乎,梨之情,代代相传,响彻梨园中。

寒露,插遍茱萸露未晞

"九月节,露气寒冷,将凝结也。"是为寒露。

寒露时节,古代有佩插茱萸、登高祈福、饮宴求寿等习俗。古人认为,茱萸可以驱虫祛湿、逐风辟邪。直接佩戴在手臂和头上、磨碎放进香囊挂于胸前,都是他们给予茱萸的礼遇。

而寒露之露,本身也是值得传颂的。

寒露未晞

寒露,在古人诗作中,常被渲染成一个百花凋零、凄冷不堪的时节。

唐代诗人白居易的《池上》算是代表:"袅袅凉风动,凄凄寒露零。兰衰花始白,荷破叶犹青。"唐代诗人王昌龄的"夕浦离觞意何已,草根寒露悲鸣虫"(《送十五舅》),北宋文学家王安石的"空庭得秋长漫漫,寒露入暮愁衣单"(《八月十九日试院梦冲卿》)等,还让寒露跟离情、愁绪、哀怨连在一起。

殊不知,寒露也是有温度的。

明代医药学家李时珍对露的解释是:"露者,阴气之液也,夜气着物而润泽于道傍也。"其性味"甘、平、无毒"。唐代医药

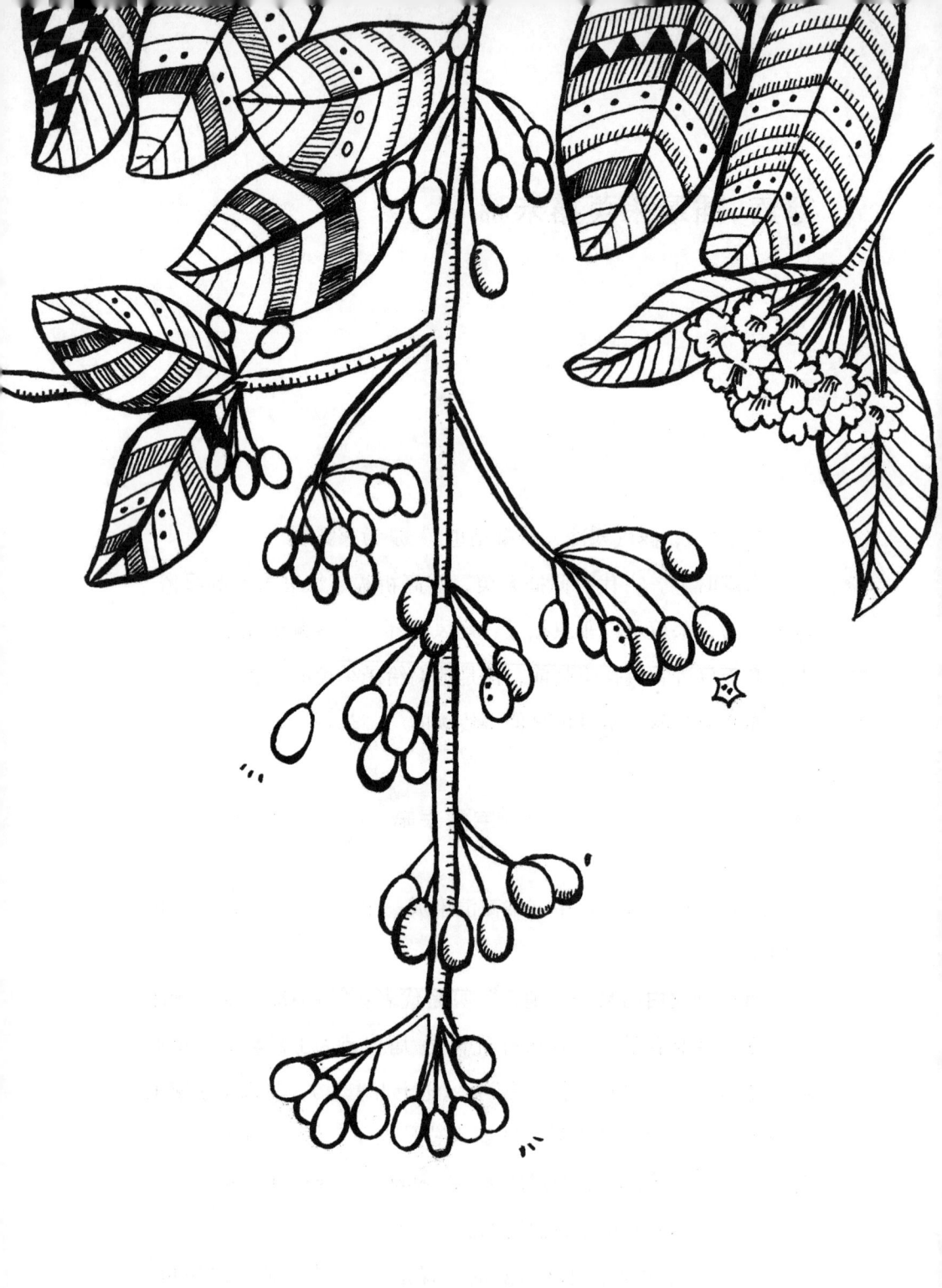

家陈藏器在《本草拾遗》中说:"秋露繁时,以盘收取,煎如饴,令人延年不饥。"他还进一步说明:"百草头上秋露,未晞时收取,愈百疾,止消渴,令人身轻不饥,肌肉悦泽。"明代医药学家虞抟也说,秋露"禀肃杀之气,宜煎润肺杀祟之药,及调疥癣虫癫诸散"。

寒露时节,正是"秋露繁时"。在古代医家眼里,露,真是好着呢,她是一剂良药,能延年益寿,消除疾病。

支撑这种观点的,还有古人记下的诸多故事:

南朝梁时期学者吴均《续齐谐记》记载:

> 司农邓绍,八月朝入华山,见一童子,以五采囊盛取柏叶下露珠满囊。绍问之。答云:赤松先生取以明目也。今人八月朝作露华囊,象此也。

东汉学者郭宪《洞冥记》记载:

> 汉武帝时,有吉云国,出吉云草,食之不死。日照之,露皆五色。东方朔得玄、青、黄三露,各盛五合,以献于帝。赐群臣服之,病皆愈。朔曰:日初出处,露皆如饴。今人煎露如饴,久服不饥。

《续齐谐记》和《洞冥记》被划入古代"小说"一类,其所载内容是否确有其事,也许存疑,但露的治疗和保健作用是可信的。

李时珍还在前人的基础上进行研究,特别提出了另外几种常见露的功效和用法:"柏叶上露,菖蒲上露,并能明目,旦旦洗之;韭叶上露,去白癜风,旦旦涂之;凌霄花上露,入目损目。"这里,除了凌霄花上的露要慎用以外,其他几种都有奇效。他说可在"八月朔日"收取百草上的秋露,"摩墨点太阳穴,止头痛,点膏肓穴，治劳瘵，谓之天灸"，用露水沾墨汁来治病，真是新奇有趣，就像古罗马时代颇为流行的处方开头上写的话一样，"喝下一罐新鲜的露水"，令人眉目间都要溢出笑来。

是的，喝下一罐新鲜的露水，仿佛一份快乐的邀请，要我们过和大自然一样健康、清新、简朴、真实的生活。这本为阴液的露水，又因为附着在花叶之上，得了花叶之清气，故能养阴扶阳、滋肝益肾、去诸径之火、排诸处之毒。适量饮用和涂抹露水，可以美容润肤亮颜，这也与陈藏器所说一致："百花之露，令人好颜色。"

对于露，李时珍格外珍惜，在《本草纲目》中，他除了单列"露水"条目，还单列了"甘露"条目："甘露，美露也。神灵之精，仁瑞之泽，其凝如脂，其甘如饴，故有甘、膏、酒、浆之名。""秋露造酒最清冽"，秋天的露用来酿酒，是最香冽可口的。

当然，这些文献中记载的露并不全是秋露，但是，露的本质都是一样的。她晶莹透彻、婉如清扬，令寒露时节光彩照人。寒露，哪里还有那些诗词中体现出的"寒意"呢？

此时此刻，我也想趁露寒未霜时，择俊逸清雅地，集晨露拥清风，静候绚美之光。

茱萸沾露

茱萸，和着寒露而来。

"万物庆西成，茱萸独擅名。房排红结小，香透夹衣轻。宿露沾犹重，朝阳照更明。长和菊花酒，高宴奉西清"，北宋文学家、书法家徐铉用《茱萸诗》道出茱萸风味。北宋医药学家苏颂也把茱萸细致描绘:"木高丈余,皮青绿色。叶似椿而阔厚,紫色。三月开红紫细花,七月、八月结实似椒子,嫩时微黄,至熟则深紫。"李时珍继续补充:"枝柔而肥,叶长而皱,其实结于梢头,累累成簇而无核。"气味芳香的茱萸,以绿树红花的经典姿态,携着如同花椒子般圆润繁累的果实,灵动在风中。

茱萸又叫吴茱萸、吴萸。陈藏器说:"茱萸南北总有,入药以吴地者为好,所以有吴之名也。"

相传春秋战国时期,弱小的吴国每年都要向强邻楚国进贡。有一年,吴国使者将特产吴萸献给楚王。楚王看不起这土生土长之物,认为被戏弄,不容吴使解释,就令人将他赶出宫去。楚王身边有位姓朱的大夫,将吴使接回家了解详情。吴使说:"吴萸是吴国上等药材,有温中止痛、降逆止吐之功,因素闻楚王有胃寒腹痛之痼疾,故献之,谁知……"朱大夫明白了,忙好言劝慰,并将吴萸精心保管起来。次年,楚王旧病复发,腹痛如刀绞,群医束手无策。朱大夫见机忙将吴萸煎熬,献给楚王服下,药到病除。楚王大喜,重赏朱大夫,询问药名。朱大夫便将吴使献药之事叙述。楚王忙派人携礼向吴王道歉,并命国人广植吴萸。几年后,楚国瘟疫流行,吐泻腹痛患者遍布各地,幸有吴萸挽救性命。大家感念朱大夫,把"朱"加进药名,称"吴朱萸""朱萸",后又取药草之意,在"朱"上加草字头,成"茱萸"。而且,人们还觉得茱萸好看又有救人仙力,还送了她一个"吴仙丹"的雅号。

当然,吴茱萸的产地不仅限于吴地,在蜀汉都有很多。茱萸类植物还有山茱萸、食茱萸,吴茱萸与她们从形状到功效都是不同的。食茱萸"高木长叶,黄花绿子,丛簇枝上。味辛而苦,土人八月采，捣滤取汁，入石灰搅成，名曰艾油，亦曰辣米油，始辛辣蜇口，入食物中用"，她多做调味品，临床上使用得较少。山茱萸"叶如梅，有刺。二月开花如杏。四月实如酸枣，赤色"，果实有核，可以温中逐寒湿痹，补肝肾。她性味酸平，无毒。

不过，茱萸不能多食。作为芸香科植物，性味辛、温、苦的茱萸有毒。唐代医药学家孙思邈说茱萸"陈久者良，闭口者有毒，多食伤神，令人起伏气，咽喉不通"。李时珍也说茱萸会"走火动气，昏目发疮"。临床上有内服30克即引起中毒的案例。中毒者约3至6小时发病，症状为剧烈腹痛、腹泻、视力障碍、产生错觉、毛发脱落等。轻者停药后症状会慢慢消失，重者则必须对症治疗。在中国最早的药物学专著《神农本草经》中，茱萸被列为中品，中品为臣，主养性以应人，无毒有毒，斟酌其宜，欲遏病补虚羸者，本中经。经过炮制后的茱萸才有大用，能温中下气、止痛、除湿血痹、逐风邪、开腠理、止咳逆寒热等。

毒性，也助长了茱萸消灾辟邪的说法，茱萸由此又得"辟邪翁"之名号。《续齐谐记》中记载了这样的故事：一天，汝南（约为今河南驻马店汝南县）方士费长房对他的徒弟桓景说，九月初九你家会有大灾难，你要让家人各自做好彩色袋子，里面装上吴茱萸，到九月初九时，将吴茱萸袋缠在手臂上，登到高山上，饮下菊花酒，这个灾祸方可破解。跟随费长房学道多年的桓景深信不疑，一家人便在九月初九这天清晨遵嘱而行。傍晚回到家，发现鸡犬牛羊都已逝去。伤心之余，全家人也感慨万千。茱萸的神奇深深印入大家脑海中。

大约从汉代开始，人们就爱在寒露时节佩插茱萸，祈福求吉。西汉文学家、淮南王刘安撰写的有关物理、化学的文献《淮南万毕术》说:"井上宜种茱萸,叶落井中,人饮其水,无瘟疫。悬其子于屋,辟鬼魅。"晋代更是风行这样的习俗。宋元之后,佩插茱萸的习俗逐渐稀见了。民国以后,佩插茱萸风俗基本消失。

但是,这一点都不影响我们在寒露时节把茱萸称颂。在现代,她还可以制成简便易行的方子,治疗一些慢性疾病,例如高血压。把她的果实研成粉末,加适量白醋调匀,于夜晚睡觉时,敷于两只脚的脚心,用干净的棉布包裹固定,次日取下,连敷数日,超出正常标准的舒张压和收缩压会一点一点地恢复正常。

平衡与和谐,仍欢愉如常。

登高怀人

重阳登高是中国人的传统,因每年的重阳都在寒露节前后,所以也被称为寒露登高。

而真正让登高和茱萸变得耳熟能详的,是唐代诗人王维的《九月九日忆山东兄弟》:"独在异乡为异客,每逢佳节倍思亲。遥知兄弟登高处,遍插茱萸少一人。"

王维家居蒲州,在函谷关与华山之东,因此题称"忆山东兄弟"。写这首诗时他只有17岁,大概正在长安谋取功名。这个才华早显的少年用质朴、纯实、清澈的语言将对亲人的想念写成的诗,击中了人们内心最柔软的地方。千百年来,作客他乡的人只要读到这首诗,都会产生潸然泪下的冲动。故乡何在?亲人安好?归乡之路,有多么遥远?思念之情,该如何安放?

也许,就是从这时开始,这让王维崭露头角的吴仙丹,慢慢地把自己的仙味传输至他的心灵。早年的他,也有过积极的政治抱负，希望开创一番大事业，但变化无常的政局让他逐渐沉下心来。40多岁时，他在京城的南蓝田山麓山水皆美之处修建了一座别墅，修习佛学，修养身心，过着半官半隐的生活。精通诗歌、音乐、书画的他，在此期间的表达，都渐渐清冷幽邃，远离世俗之气，充满深远禅意。空灵、清渺、静雅的仙味如期而至。

天宝十四年（755），安史之乱爆发，长安很快被叛军攻陷，王维被捕后被迫出任伪职。战乱平息后，王维被下狱，交付有司审讯，按理当斩，但因他被俘时曾作《凝碧池》抒发亡国之痛和思念朝廷之情，又因他做刑部侍郎的胞弟王缙平反有功请求削籍为兄赎罪，他得到宽大处理，被降职为太子中允，后兼迁中书舍人，官至尚书右丞。

凝碧池是唐代洛阳禁苑中池名，据唐代学者郑处诲《明皇杂录》记载，天宝十五年，安禄山抓获梨园弟子数百人，让他们在凝碧池演奏，并不准他们悲伤流泪，言有泪者即斩，但梨园弟子悲不能已。一位叫雷海清的乐工，怒而投乐器于地，西向恸哭。安禄山手下便将雷海清肢解示众。王维当时被拘在菩提寺中，听闻此事，写下《凝碧池》一诗："万户伤心生野烟，百官何日再朝天？秋槐叶落空宫里，凝碧池头奏管弦。"

之后，王维的心境更加淡远。他的很多作品，被人评价为具有东晋末至南朝刘宋初时期诗人陶渊明之遗风。作为半隐者，王维是在向40多岁就全隐的前辈致敬吗？隐者之间，常常有相通的恋恋情怀。离世之前，王维的处理，也颇为淡然，上元二年（761），他作书向亲友辞别后，安然离去。

茱萸的翩翩仙气，照拂了王维的一生。每当人们寒露登高望远之时，仍然会情不自禁地怀念他。

霜降,难忘那抹柿红

霜降,是秋季的最后一个节气,"气肃而霜降,阴始凝也"。

农谚有"霜降到,柿子俏"一说。霜降带来的,不仅仅是渐渐寒冷的天气,还有那抹抹柿红和团团柿甜,真似南宋理学家张九成《见柿树有感》所言:"严霜八九月,百草不复荣。唯君粲丹实,独挂秋空明。"

世传柿有七德:一多寿,二多阴,三无鸟巢,四无虫蠹,五霜叶可玩,六嘉实,七落叶肥滑,可以临书也。其实,单是那如红灯笼般俏立枝头的沁甜柿子,那经霜变红的椭圆形肥大柿叶,就已令"秋日胜春朝"。

柿子,吃出来的"凌霜侯"

"秋去冬来万物休,唯有柿树挂灯笼。欲问谁家怎不摘,等到风霜甜不溜。"

霜降时节成熟的柿,早就伴着这生动诙谐的句子,红在人们眼中,甜在人们心里了。

柿出道很早。中国发现的250万年前新生代野柿叶化石,以及分别在浙江省浦江上山、田螺山出土的距今1万年和6500年前

的柿核，都证明了野生柿子被食用的事实。进入夏朝、商朝，人们在野外采集过程中摸索出柿子脱涩方法，发现脱涩后的柿子风味颇佳，便开始向帝王和奴隶主进献。成书于西汉的《礼记》记载，柿是国君日常食用的31种美味食品之一。为采摘方便，人们还将柿树作为奇花异木栽植在庭院之中。"柿，有小者栽之；无者，取枝于软枣根上插之，如插梨法"，北魏时期农学家贾思勰将柿树栽培嫁接技术记录在《齐民要术》中，这是中国现存最早的一部完整的综合性农书。到了唐代、宋代，柿更为大家所熟知和喜爱。

柿的味道，被南朝梁简文帝在《谢东宫赐柿启》中做了令人向往的描绘："悬霜照采，凌冬挺润，甘清玉露，味重金液。虽复安邑秋献，灵关晚实，无以匹此嘉名，方兹擅美。"在简文帝眼里，柿子光彩夺目，皮薄汁丰，味如琼浆，独享美名。

柿的模样，也明亮在明代医药学家李时珍的《本草纲目》中："柿高树大叶，圆而光泽。四月开小花，黄白色。结实青绿色，八九月乃熟。"宋代学者谢维新撰写的《古今合璧事类备要》还把柿子说得翔实："柿，朱果也。大者如碟，八棱稍扁；其次如拳；小或如鸡子、鸭子、牛心、鹿心之状。一种小而如拼二钱者，谓之猴枣。皆以核少者为佳。"

柿的功效，更是获得人们广泛认同。古人对柿的认可主要源于其养生疗疾之用。李时珍说："柿乃脾、肺血分之果也，其味甘而气平，性涩而能收，故有健脾涩肠、治嗽止血之功。"清代医药学家王士雄在《随息居饮食谱》中说："鲜柿甘寒。养肺胃之阴，宜于火燥津枯之体。……干柿甘平。健脾补胃，润肺涩肠，止血充饥，杀疳，疗痔，治反胃。"当然，柿也有食用禁忌，宋代医药学家寇宗奭说："凡柿皆凉，不至大寒。食之引痰，为其味甘也。日干者食多动风。凡柿同蟹食，令人腹痛作泻，二物俱寒也。"中国历代医家陆续汇集而成的医药学著作《名医别录》中，柿被列为中品，中品为臣，主养性以应人，无毒有毒，斟酌其宜，欲遏病补虚羸者，本中经。

最让柿子具备朴素和原始意义的，是她代粮充饥的本领。对这一点有深刻理解的人，应该是明太祖朱元璋。朱元璋幼时饱受贫穷之苦，做过小和尚、行过乞；而且，元末自然灾害较为频繁，更让他觉得那时候的人生仿佛只有一个字：饿。某一年霜降时节，又遇饥荒，朱元璋几乎陷入绝境。就在他摇晃在一个破败的村子边觉得自己快要饿死了的时候，眼前突然出现了一棵结满了红柿子的柿树。朱元璋便拼着力气爬上树，一口气狂吞了好几颗柿子，终于填饱了肚子，感觉活了过来，还在接下来的冬天里，连原有的流鼻涕、嘴唇干裂的毛病也没有了。谚语"霜降吃柿子，不会流鼻涕""霜降食柿，嘴不开裂"，大约说的就是这种效果。

朱元璋没有忘记那救过他的柿。发迹后，某次带兵途经那村子，见那柿树还在，连忙下马，解下身上红袍，给那棵柿树披上，将柿封为"凌霜侯"。明代学者赵善政将这个故事记录在《宾退录》中：太祖微时，至一村，人烟寥落，而行粮已绝。正徘徊间，见缺垣有柿树，红熟异常，因取食之。后拔采石，取太平，道经此村，而柿树犹在，随下马，解赤袍以被之，曰："封尔为'凌霜侯'。"

民以食为天，"枣柿半年粮，不怕闹饥荒""板栗柿子是铁树，稳收稳打度荒年"，都闪着柿的荣光。柿还与"事""世"谐音,人们便常用她来表达万事如意、世代幸福的祝福。旧时婚俗和过年时,柿子都是必备祥果之一。

柿叶,成就一个"郑三绝"

除了柿子,霜降时节变红的柿叶,也流淌着明亮之光。

柿叶常常被称为红叶,被人们赋予绵长真情。

"秋灰初吹季月管,日出卯南晖景短。友生招我佛寺行,正值万株红叶满。"唐代文学家韩愈在公元806年与右补阙崔群一同游览长安城青龙寺时,就在《游青龙寺赠崔大补阙》中表达了对"万株红叶"的赞赏。宋代学者洪兴祖对此的注释是:万株红叶,谓柿也。也就是说,青龙寺的万株红叶就是柿叶。唐代诗人羊士谔在游览青龙寺时,也留下《王起居独游青龙寺玩红叶因寄》以示喜欢:"十亩苍苔绕画廊,几株红树过清霜。"

对于柿叶,古人很用心,他们常常收集柿叶,用来写字,柿叶翻红正好书呀;而且,这番用途,无论用上与否,都会收获感叹。瞧,北宋音乐家刘诜在《山居即事》中,为无人在柿叶上题诗而感叹:"村墅薄生理,门静如招提。柿叶大如扇,满地无人题。"元末明初诗人高启在《杨氏山庄》中,为柿叶能被尽情挥洒而感叹:"斜阳流水几里,啼鸟空林一家。客去诗题柿叶,僧来供煮藤花。"古人的雅趣,总是令人心生欢喜。

把柿叶用到极致的要数唐代文学家、书法家、画家郑虔,他曾用柿叶练习书法字画,把长安城慈恩寺贮藏的数屋柿叶都用完了。他把题诗的书画献给唐玄宗,唐玄宗称之为"郑虔三绝"。《新唐书·郑虔传》记载:"虔善图山水,好书,常苦无纸,于是慈恩寺贮柿叶数屋,遂往日取叶肄书,岁久迨遍。尝自写其诗并画以献,帝大署其尾曰'郑虔三绝'。"郑虔终获大成,草书达到了"如疾风送云,收霞推月"的境界。以至于后来人们称赞在绘画、书法、诗词三方面造诣极高的人,会冠以"郑三绝""三绝郑"之名。

更可巧的是,墨,也在这般绝妙中,与柿叶非常相融。除了书写的结合度很高之外,他们都可作药用,都有止血功效。柿叶主要用来止咳定喘、生津止渴、活血止血等,特别是霜降后采收的柿叶,疗效更好,可洗净晒干,研细过筛内服、外用。墨在古者以黑土为墨,字从黑土,辛、温、无毒的墨至少在春秋战国时就有了,在汉代得到一定的发展,至唐代达到鼎盛。宋代医药学家马志、刘翰编著的《开宝本草》记载,墨能够"止血,生肌肤,合金疮",金疮即常见的刀枪伤,在古代墨对于行军打仗很有意义。

所以,无论品种、类型、模样儿都不属于同种类别的柿叶和墨,相依在彤红的流光中,真是妙不可言,简直有浑然天成、珠联璧合的意味。自然,他们被相爱的人儿用作了情书。饱蘸一毫浓墨汁,倾注款款红叶中,好一份红黑相间的"世世"浓情啊。柿子都由此被赋予了崭新的精神意义,那圆圆红红的,不也有点像"心"吗?

阔大肥厚的红叶啊,唯愿真心永流传。

柿画,漂洋过海"六柿图"

把柿定格在丹青中,也藏有火红的风采。

从宋代开始，至元代、明代、清代，柿画越来越被人们喜爱。

从现有史料看来，最早的柿画，应该是南宋画家牧溪的《六柿图》。机趣四伏、古意四溢的《六柿图》，是看上一眼，目光就不愿挪开的。那着黑白色彩的六枚柿子，实为六种墨色，有的墨深，有的墨浅，有的是墨色框住的白。她们随意地摆放着，紧凑舒缓、浓淡相宜、高低有致，于明暗虚实中，呈现出微妙的变化，散发着朴拙、静远、简逸的气息，令红柿在一派墨色中静止，愈久弥真。这就是静物作品"随处皆真"的境界啊。

牧溪，俗姓李，佛名法常，号牧溪，年轻时中过举人，后出家为僧。他所在的万年禅寺也有许多柿树，霜降时节，他常常以柿就酒。据说他是性情爽朗、好饮酒、醉则寝、醒则朗吟之人。他画六柿，谐音"六识"，禅意十足，即心智作用中眼、耳、鼻、舌、身、意这六种感觉在色、声、香、味、触、法这六种知觉上所产生的六种认识作用。六为阴之变，可变换角度看问题，于阴阳平衡中见真机。古人对于"六"，有特殊的感情，如《易经》中的六，还有六顺、六神、六甲、六合、六亲等词，蕴含着各种含义。

只是，牧溪的画并不被国人看好，反而被一些人评为"粗陋，无古法"。而当时来中国的日本留学生、僧人却很喜欢他的画，收藏了一大批并带回了日本，其中就包括《六柿图》。牧溪的画以"清幽、简当、不假妆饰"的特征，在日本获得了远胜于在故土的声望、尊崇和懂得。牧溪与南宋另一位画家玉涧构成日本禅馀画派的鼻祖，被称为"日本画道的大恩人"。当时日本幕府将收藏的中国画按照上、中、下三等归类，牧溪的画被归为上上品。

　　在日本画界，牧溪的名字也经常和宋徽宗赵佶相提并论。赵佶在绘画书法方面天赋异禀。据说在他出生之前，他的父亲宋神宗梦到南唐后主李煜托生，"生时梦李主来谒，所以文采风流，过李主百倍"。李煜托生的说法固不足信，然赵佶也确实才气逼人，他自幼爱好笔墨、丹青、骑马、射箭、蹴鞠等，他提倡诗、书、画、印结合，创作时常以诗题、款识、签押、印章巧妙地组合成画面的一部分，这也成为北宋之后历朝绘画艺术的传统特征。

　　"墙内开花墙外香"，牧溪的作品做如是形容恰当不过。当然，"墙外香"也是香。何况，真正打动人心的艺术，从来都不分国界，更无关时间。中国现代也终于有些评论家开始欣赏牧溪的画了，他们从牧溪水墨简笔中流泽出来的灵悟，感受禅机无限。有评论家还说，谈中国画，仅谈赵佶和牧溪就可以了，其他的都只是点缀而已。

　　水墨皆禅，万法唯心。也许，对牧溪而言，他从未定义自己是画家，绘画于他而言，不过是取代文字记录与传播他的世界认识和人生感悟的工具，他只是心中有道，顺手画柿，事事随心。

　　《六柿图》隐在这份清简中，世世留香。

冬

立冬品"蔗境"

立冬,是寒冷冬天的开始,俗称"交冬",意为秋冬之交。

谚语"立冬补冬,补嘴空",说的就是立冬习俗,人们喜欢在立冬时节进食可以温补驱寒的食物。

甘蔗即是"补冬"的美食之一,甘蔗性味甘、平、涩,甘味能补能缓。民间素来有"立冬食蔗齿不痛"的说法,意思是说立冬时的甘蔗已经成熟,这个时候食用甘蔗,既可以保护牙齿,不上火,又可以起到滋补的作用。

于是,立冬吃甘蔗,甜蜜如蔗境,寒冬暖如春。

食蔗,渐入佳境

蔗境,由甘蔗的蜜甜而生。

这份蜜甜,来自甘蔗那似竹而内实的长茎中取得的汁液。那由生嚼、榨取、提炼的方式而得的汁液,好似琼浆,以清芬不腻的滋味,深情舒缓地溢入咽喉,沁入心脾,甜入肺腑。

自古食蔗者,始为蔗浆。战国时期的楚国就已经能对甘蔗进行原始加工了。楚国诗人屈原《楚辞·招魂》中"胹鳖炮羔,有柘浆些"的"柘",即通用蔗,"柘浆"是从甘蔗中取得的汁液。

"蔗境"一词,来源于古人对甘蔗的吃法,即从甘蔗的末尾啃起,直到蔗头为止。古人觉得这样"倒啃甘蔗",从甘蔗不太甜的一段吃到甜的一段,可以比喻先苦后乐,有后福,引申为人的晚年生活逐渐转好之义。

把甘蔗吃成这种境界的代表人物是东晋艺术家顾恺之,他"每吃甘蔗,必从尾到头",并把这种吃法叫作"渐入佳境"。中国的二十四史之一《晋书》说:"恺之每食甘蔗,恒自尾至本。人或怪之,云:'渐入佳境'"。

北宋文学家苏轼在《甘蔗》中说"老境于吾渐不佳,一生拗性旧秋崖。笑人煮簀何时熟,生啖青青竹一排",也是借"蔗境",来感叹自己佳境已过、时运不佳。

不过,顾恺之的"渐入佳境"貌似缺少一个"度"。因为,准确地说,甘蔗的中段,才是甘蔗最甜最好吃的部分,甘蔗的头和尾都不算甜;而且,甘蔗根部节短,吃起来费事,口感不好。从尾吃到头或从头吃到尾,都是从不太甜之处吃到最甜处、再吃到不太甜之处,"渐入佳境"之后,又"渐出佳境"。所以,蔗境不必用作引申,仅以甘蔗最甜的部分,来合最好的境遇,就可以了。

实在想"渐入佳境",也可以从尾部开始吃至接近头部之处,或从头部开始吃至接近尾部之处,舍弃一点头、尾。舍得退让,也可以渐入佳境。

有了度,甘蔗这种多年生甘蔗属、多生长于热带和亚热带的高大实心草本植物,才会更加富有吸引力。要知道,甘蔗的甘甜美味,是上了双保险的,一来名字中含"甘",可不就是甜吗?二来甘蔗是脾之果,脾在酸、苦、甘、辛、咸五味中,对应甘,甘味入脾，甜就是甘蔗的本性呀。除了美味，甘蔗还可作养生疗疾之用：中国历代医家陆续汇集而成的医药学著作《名医别录》说甘蔗能够"下气和中，助脾气，利大肠"，中国最早的医药学典籍《黄帝内经》也说甘蔗"甘温除大热"。

甘蔗还能消渴解酒，中国第一部纪传体断代史《汉书》云："百味皆酒布兰生，泰尊柘浆析朝酲。"酲（chéng），酒醉之意。宋代医药学家大明也说甘蔗能"利大小肠，消痰止渴，除心胸烦热，解酒毒"。

于是，进入南北朝时期，甘蔗已是广受欢迎。南朝和北朝隔江对峙时，南朝人食用甘蔗的多姿多彩令北朝人垂涎三尺。甘蔗的声名不胫而走，成为中国北方瞻望中国南方的重要物象。北魏甚至明确要求刘宋王朝提供江南名产——甘蔗及酒。

然而，甘蔗虽可解酒，却不宜与酒同食。唐代医药学家孟诜说"共酒食，发痰"；而且，《名医别录》将甘蔗列为中品，中品为臣，主养性以应人，无毒有毒，斟酌其宜，可遏病补虚羸。甘蔗也不宜多食。元代医药学家吴瑞说："多食，发虚热，动衄血。"

所以，食用甘蔗，也讲究适宜有度。如此，蔗境方至。

储蔗，榨汁为糖

甘蔗成为糖，也在刚刚好的蔗境里。

蔗糖在中国的起源时间，最早的文字记载见于东汉学者杨孚在他写的中国第一部地区性物产专著《异物志》中的一段描述："（甘蔗）长丈余，颇似竹。斩而食之，既甘，迮取汁如饴饧，名之曰糖。"唐代之前的糖，是将甘蔗汁浓缩加工至较高浓度呈黏稠状的液体糖甘蔗饧，是难得的奢侈品。

唐太宗李世民也喜欢吃糖。本来他舒舒服服地吃着甘蔗饧，感受着大唐之美。谁知印度使者又为他献上以甘蔗汁加牛乳、米粉等制成的乳糖石蜜。李世民第一次吃到这样的糖，忍不住两眼放光，表情甜如蜜，真是太好吃了呀。李世民就下定决心，一定要把制作方法学回来，满足我"大糖"需求。他派人到印度学习先进的熬糖法，之后传令扬州地区如法炮制，结果所产的糖，味道胜过了印度糖。记载唐朝历史的纪传体史书《新唐书》说："（摩揭陀）遣使者自通于天子，献波罗树，树类白杨。太宗遣使取熬糖法，即诏扬州上诸蔗，拃沈如其剂，色味愈西域远甚。"

人生真是太美妙了，你永远都不知道前方有多少美味在等着你。而唐代以胖为美，不知是不是因为爱糖所致？

爱吃会吃的宋人当然也不会放过糖。宋人王灼撰写的《糖霜谱》，把制糖的甘蔗也说得明白："蔗有四色：曰杜蔗，即竹蔗也，绿嫩薄皮，味极醇厚，专用作霜；曰西蔗，作霜色浅；曰芳蔗，亦名蜡蔗，即荻蔗也，亦可作沙糖；曰红蔗，亦名紫蔗，即昆仑蔗也，止可生啖，不堪作糖。"

王灼是遂宁府小溪县（约为今四川省遂宁市船山区）人，出身贫寒，青年时代曾到成都求学，后往京师应试，虽学识渊博却考场失意，终未入仕。一生流落江湖，寄人篱下，作舞文弄墨的吏师。晚年闲居成都和遂宁潜心著述。王灼的著述，涉及诸多领域，在中国文学、音乐、戏曲和科技史上占有一定地位，被后人称为科学家、文学家、音乐家。他写的《糖霜谱》是世界上第一部完备地介绍糖霜生产和制造工艺的科技专著，共分为七篇，他在第三篇中写道："伞山在小溪县，涪江东二十里，孤秀可喜。山前后为蔗田者十之四，糖霜户十之三。"可见当时在王灼的家乡小溪县伞山一带，种甘蔗、制蔗糖是相当普遍的。

取甘蔗汁液可以加工成蔗糖、沙糖、石蜜、冰糖等不同形式。吴瑞说："稀者为蔗糖，干者为沙糖，球者为球糖，饼者为糖饼。沙糖中凝结如石，破之如沙，透明白者，为糖霜。"明代医药学家李时珍说："石蜜，即白砂糖也。凝结作饼块如石者为石蜜，轻白如霜者为糖霜，坚白如冰者为冰糖。"

王灼活了80岁，在宋代算是绝对的高龄，也许正是得益于他的家乡多产甘蔗和糖的缘故吧。甘蔗和糖，带给王灼的，是甜蜜的慰藉。

可惜，时至今日，糖再也不是人们求之若渴的奢侈品，反倒成了营养过剩的人们唯恐避之不及的食物。或许，这也是一种进步。

用蔗，殆不可杖

甘蔗可以作剑使用，也许是另一种蔗境。

当然，这是有一定难度的。

甘蔗节节向上生长，"颇似竹"，西晋时期文学家、植物学家嵇含将甘蔗作"竿蔗"，谓其茎如竹竿。但甘蔗不像竹子那样坚韧，沿枝节稍微用力，很容易将其折断。因此，将甘蔗使出剑的效果，绝对是一般人难以达到的境界，而非常喜欢吃甘蔗的魏文帝曹丕却做到了。

西晋史学家陈寿在《三国志·文帝纪》中注引曹丕《自叙》，

记载了曹丕的这则轶事。立冬时节,曹丕常常一边与大臣议事,一边嚼食甘蔗,吞饮甘蔗汁。有一天,他和帐下两员大将刘勋、邓展一起喝酒、吃甘蔗、谈论剑术。借着酒兴,曹丕和邓展决定以甘蔗代替宝剑来比试武艺。比赛结果,邓展不仅没能夺下曹丕手中的甘蔗,手臂还被接连击中三次。"时酒酣耳热,方食芉蔗,便以为杖,下殿数交,三中其臂,左右大笑。"邓展不服,要求再比一场。这回曹丕诱敌深入,迅速出击,用甘蔗击中邓展额头,把在场人全震住了。

想来,这个故事的真实性值得推敲,存在两处疑点:一是鉴于曹丕的特殊身份,邓展会不会为了拍他的马屁,一直让着他,故意被他"刺"中?二是故事的来源是曹丕《自叙》,他会不会只是"吹吹牛皮"而已,真实情况并不是这样?假如真是邓展拍马屁,能让"被拍者"入戏这么深,那真是拍出了水平,算是秋水无痕。如果能排除这两个因素,曹丕和邓展就真是把甘蔗吃出了境界、用甘蔗打出了境界,可谓荡气回肠。

曹丕之前的西汉文学家刘向是不喜欢此类境界的,他在《杖铭》中写道:"都蔗虽甘,殆不可杖。佞人悦己,亦不可相。杖必取便,不必用味。士必任贤,何必取贵。"大意是:大的甘蔗虽甜,但绝不能当手杖来用;小人的话虽然使你听了很高兴,但这种人绝不能用来做你的助手;手杖还是得用方便的材料,而不是用滋味好的;用人一定要用有才能、有高尚品德的人,而不必在意他的地位是否尊贵。

这些话看起来好像是对甘蔗有些贬义,却富含人生哲理,千百年来一直被人们称道。另外,"蔗"被古人从其外貌和生长方式而衍生的说法,也似乎隐有贬义,如北宋政治家吕惠卿说:

"凡草皆正生嫡出,惟蔗侧种,根上庶出,故字从庶也。"

然而,这只是人类的理,与甘蔗无关。甘蔗仍是甘蔗,蜜甜、笔直、大气,至于是不是被人们当成剑或手杖,甘蔗也丝毫不会在意。用材失当,错不在甘蔗,而在人。

甘蔗更喜欢的,是唐代诗人王维《敕赐百官樱桃》中的那种意境:"饱食不须愁内热,大官还有蔗浆寒。"跟樱桃在一起,甘蔗才心旷神怡。

樱桃,非桃类,以其形肖桃,颗如璎珠(璎即像玉的石头),又属于落叶小乔木,故人们将璎改为樱,取名樱桃;因为云莺所含食,又名莺桃、含桃。初春的时候,樱桃开出白花,繁英如雪,纯美如画。她不但自己美,还能让别人美,《名医别录》将她列为上品,说她可以"调中,益脾气,令人好颜色,美志"。上品为君,主养命以应天,无毒,多服,久服不伤人,欲轻身益气,不老延年者,本上经。所以,食用了樱桃的人们,脸色红润光滑,透着自然的光泽,挂着樱桃一样明媚美好的笑容。

不过,樱桃虽然味甘,但是性热,故不可一次食用太多。因此,人们喜欢在食用樱桃之后,再饮一些甘蔗汁,以泻火热。甘蔗就这样与樱桃配伍,相辅相成,相知相映,仿佛高山流水,共同演绎着心灵的乐章。

没有攻击、打压、抱怨、伤害,唯有蜜甜,才是甘蔗喜欢的生活。

小雪，绝甘分少品荸荠

"满城楼观玉阑干，小雪晴时不共寒。"

小雪时节的到来，意味着冬季降雪即将拉开大幕。明代园艺学家王象晋编撰的《群芳谱》曰："小雪气寒而将雪矣，地寒未甚而雪未大也。"元代理学家吴澄编著的《月令七十二候集解》云："十月中，雨下而为寒气所薄，故凝而为雪。小者未盛之辞。"

节气中的"小雪"与日常天气预报所说的小雪意义自有不同：一个是气候概念，指这段时间的开始下雪的气候特征；另一个则是指从天而降的强度较小的雪。

小雪时节，荸荠大量上市。在历史上，这种寻常百姓家的美食，与一个"绝甘分少"的生僻成语密切相关。

天然之珍

荸荠，最早跳跃在古代雅士的言笑晏晏中。

她的温润、清甜、滋润、玲珑，常常被描绘得形象生动。热爱美食的北宋文学家苏轼就把与她共度的好时光传播得兴致盎然。某一年小雪时节，他在游览山水的途中经过一片稻田，突然

看见平时喜爱吃的荸荠,便马上想解解馋。他蹲下身挖了一些荸荠,在水塘中洗净,用衣襟兜着,找到附近的寺院,借用寺院的灶火煮熟,剥皮去蒂后,美美地吃了。吃完后,他还意犹未尽,给朋友写信倾诉美味:"今日食荠极美,天然之珍……君若知此味,则陆海八珍皆可厌也。"

作为莎草科荸荠属植物荸荠的球茎及地上部分,荸荠确实有着如此天然之美。那地上部分即青绿的苗儿嫩碧可爱,在夏天长出,一茎直上,没有枝叶,和葱、蒲有几分像。泥里的根在秋后结成果实即球茎,白嫩如脂,爽隽可人,人们一般也直接把果实称为荸荠。果实扁圆形的样子还有点像马的蹄子,荸荠又因此被叫作马蹄。马蹄是古代闽、粤方言对荸荠的俗称。闽、粤方言习惯将果子一类东西统称为"马"(音),再在"马"字后面加上具体某种果子的名字,例如桃子常发音为"马桃",意为桃树的果子。"马蹄"中的"蹄"(音)又指地下,意思是"地下的果子"。荸荠也被叫作地栗,还有乌芋、菩荠之称。

生在水田的荸荠,又是天然的粮食。尤其是在青黄不接的灾荒年,荸荠可用来充粮救荒。明代学者王鸿渐在《题野荸荠图》中,借造物之奇妙,来感叹荸荠的天然之用:"野荸荠,生稻畦,苦薅不尽心力疲。造物有意防民饥,年来水患绝五谷,尔独结实何累累。"纵使稻谷受灾,同在田里的另一样作物荸荠,都能结实累累,供人充饥。

性味甘、寒、滑的荸荠,还是天然的滋补、疗疾佳品。食用荸荠,既可清热泻火、生津润肺、消痈解毒、开胃消食、利尿通便、化湿祛痰、安神明目,又可补充营养。中国历代医家陆续汇集而成的医药学著作《名医别录》说荸荠能够"消渴痹热,温中

冬 / 167

益气",唐代医药学家孟诜说荸荠能够"下丹石,消风毒,除胸中实热气。可作粉食,明耳目,消黄疸"。

荸荠中的蛋白质和碳水化合物含量比较丰富,但热量却不是很高,非常适合在小雪这样的初冬时节养生食用。如果在这个时节中出现因进补过多而引发的内火上扬和营养过剩,或秋季燥火在体内还没有完全消散而留有上火症状的话,那么食用荸荠效果就更好了,荸荠可以帮助身体清理内热。

于是,趁盛大的寒冷未至、盛大的雪事未临,而北风日紧、寒气渐袭之时,把荸荠适量地吃起来吧。有了荸荠,冬风也令人神清气爽。

绝甘兮少

把荸荠吃出深意的,要数东汉末年谋士庞统了。

荸荠是庞统爱吃的食物,也是他用来款待客人的良蔬佳果,还与"绝甘分少"这个词搭上关联。不过,如今来庞统曾经的居留地凤雏庵参观的人,只能在大门上看到"绝甘兮少"这四个字,而一字之差,个中却大有来头。

凤雏庵位于湖北省赤壁市金鸾山上,庞统当年曾在此耕读,荸荠是他种在水田中的作物之一。荸荠不会大面积繁殖,产出的果实数量并不多,可供庞统食用的也不多,但只要有朋友光临,庞统便倾其所有,盛情款待。诸葛亮、周瑜、鲁肃、阚泽等人就是常来庞统家聚会的朋友。那味甜多汁、清脆可口、香芬怡人的荸荠,让他们大快朵颐,赞不绝口。有一天,也是小雪时节,大家酒足饭饱,心情舒畅,觉得像庞统这样慷慨大度的人太少了,都不约而同地想到了"绝甘分少"这个褒义词,这个词常用来形容人刻苦、克己,自己不图享受,却把为数不多的好东西分享给别人,有时也引申为"卓尔不群"之意。大家便一致推举诸葛亮执笔题写这四个字赠予庞统。

"绝甘分少"出自西汉史学家、文学家、思想家司马迁的《报任安书》,是司马迁在汉武帝面前为将士李陵辩解时的用词:"(愚)以为李陵素与士大夫绝甘分少,能得人之死力,虽古之名将,不能过也。"彼时,李陵奉汉武帝之命出征匈奴,率不足五千步兵与八万匈奴兵战于浚稽山,因寡不敌众,兵败投降。司马迁虽与李陵非亲非故,但出于公心,认为李陵投降也是迫于无奈,并用"绝甘分少"来赞扬李陵的为人。

诸葛亮很清楚这个典故,应大家要求提笔前,他建议将"绝甘分少"的"分"改成"兮",变成"绝甘兮少"。他认为稍改一字,更能表达庞统的与众不同。大家拍手称妙。诸葛亮便握紧狼毫,一挥而就。

作为生僻词,"绝甘分少""绝甘兮少"都没有被字典和词典收录。诸葛亮把"绝甘分少"改为"绝甘兮少",除了让其成为一个表达谢意的感叹词之外,可能还隐约含有一个愿望,希望庞统不会像李陵、司马迁那样遭遇不幸。当年,李陵因投降及接踵而至的"替匈奴练兵"之传言,被汉朝夷三族,母弟妻子皆被诛杀。司马迁也因为在汉武帝面前为他讲了话而被下狱,并施以"腐刑"这样"最下等的刑罚"。司马迁是为了完成《史记》这部"史家之绝唱",才忍着奇耻大辱活下来的。据说,《史记》完成后,司马迁也不知所终。

只是,"绝甘分少"也好,"绝甘兮少"亦罢,似乎,也都只能成为绝唱。

卓尔不群

"绝甘分少""绝甘兮少"都含有卓尔不群之意。卓尔不群的人或物，自然有缘牵手。

作为让庞统与"绝甘兮少"牵手的"中介"，荸荠也有卓尔不群的特质：除了那不断抚慰人心的美味，还有那时刻令人警醒的毒性。

荸荠的毒性和美味一样，都非同一般、不容小觑。荸荠生长在水田、池沼等低洼处，聚集了大量有害有毒的生物废物和化学物质，特别是果实与根茎的连接点即果蒂，以及赤褐色或黑褐色的外皮上，更是含有大量寄生虫和毒素。因此，她的蒂和皮是不能食用的；而且，荸荠又属于寒凉滑利之品，脾胃虚寒、血虚血瘀和小儿遗尿、糖尿病患者都不宜食用。女子月经期和怀孕期是禁止食用的，因为荸荠能促使子宫收缩，有使得经量减少和诱发流产的可能。《名医别录》将荸荠列为中品，中品为臣，主养性以应人，无毒有毒，斟酌其宜，欲遏病补虚羸者，本中经。孟诜也有过特别说明："（荸荠）性冷。先有冷气人不可食，令人腹胀气满。小儿秋月食多，脐下结痛也。"

庞统当然了解荸荠，他从不主张女性家眷食用，只在荸荠果实成熟的时候，小心地把荸荠挖出来，削去蒂和皮，用井水洗净后，精心烹制，泡成茶饮、煮成菜肴、制成糕点，当饭后零食、做酒后解酒点心等。他以切成碎丁状的荸荠，加上切成短丝状的芹菜、百合、红萝卜做佐菜，与切成片状的主菜猪肉同炒，做出的荤素搭配、色香味俱全的热菜，特别受家人欢迎。庞统的这些烹饪、加工和食用方式，既发挥了荸荠的功效，又不让荸荠的毒性影响到身体。

或许，这就是人和食物之间，因为"绝甘兮少"的共性，而产生的一种惺惺相惜吧。庞统是有着超常智慧和雄才大略的。早年，郡府任命他做功曹这个主管考察和记录业绩的官职。他乐于培养别人的声望，对别人的评论和称赞，往往超过那人的实际才干和成绩。有人觉得很奇怪，问他为何这样做，他回答说："当今天下大乱，正道遭受破坏，善人少而恶人多。如果有人想要改善风俗，弘扬道义，不抬高他的声誉，那么他的名声就不值得人们仰慕，这样一来做善人的人就更少了。我现在评论人，即使是褒扬的十项中有五项失实，也还可以有一半是真实的，可以用来推崇道义，使有志于行善的人得到自我激励，这不是值得做的吗？"

可惜，"绝甘兮少"也没有让庞统的命运变得更好。他在少年时期，因为鲁钝朴实，没有什么声誉，得到当时善于鉴别人品的司马徽的称赞后，名声才逐渐显现。赤壁之战时，庞统亲赴曹营献连环计，帮助孙刘联军火攻曹营，取得胜利。不过，庞统虽然得到认可，却因相貌不佳等因素，投奔到孙权帐下不被使用。他好不容易成为刘备帐下重要谋士，与诸葛亮同拜为军师中郎将，成为与诸葛亮"卧龙"齐名的"凤雏"，却还来不及更多地施展才华，就在围雒县率众攻城时，不幸中流矢而亡，生命停止在36岁。"造物忌多才，龙凤岂能归一室；先生如不死，江山未必许三分"，凤雏庵内空留下这副对联。

唏嘘，只能唏嘘。那个冬日，我游览赤壁时，不禁这样感怀。我在凤雏庵附近徘徊良久,那挂在右侧厢房门楣上的"绝甘分少",那供奉着庞统像的神龛前的对联,那周边的山野田地,都在我的目光里,渐渐生出模糊的潮湿的光。我没有找到荸荠,却清晰感觉到她的存在。莫非,荸荠早就以她寒凉之性味,暗示了庞统令人心生寒意的人生遭遇吗?

而荸荠,也许更加适合,灵动在祥和酣畅的觥筹交错中,令天下暖,令众生欢。

大雪无痕,橘香千年

"大雪,十一月节。大者,盛也。至此而雪盛矣。"

大雪节气的到来,表示天气将越来越冷,降雪的可能性增大,且因昼夜温差大,人体更需补充水分、维生素、蛋白质和易于消化的食物。此时大量上市的橘,最甜最鲜,是最适宜的美食。

而当天空飘雪,那橘的深情、高贵、坚守,便和着纷飞的雪花,构成天地间一幅纯美图画。

大雪无痕,橘香千年。

奉橘遗亲

"江南有丹橘,经冬犹绿林。岂伊地气暖,自有岁寒心。"橘,在日渐寒冷的大雪时节,透出一番温暖的光景。

喜欢看橘树沉甸甸的模样儿,喜欢把圆圆的黄黄红红的橘子,捧在手心里,将橘皮轻剥开来,把连着橘皮里面脉络的橘肉,一瓣一瓣地吃。

品橘时,有时会不自觉地想起一些人,记起一些事。

陆绩(约188—219)会出现在念想中。他是东汉末年吴郡

吴县（约为今江苏苏州）人，庐江太守陆康之子，作为三国时期吴国大臣，陆绩与橘的渊源，从6岁那年就开始了。

《三国志·吴志·陆绩传》说，陆绩的父亲陆康与袁术很熟。一次，6岁的陆绩到袁术家做客，袁家以橘子等果品相待。其间，陆绩趁主人不注意，悄悄拿了两个橘子藏在怀里，打算带回家给母亲尝尝。告辞时，陆绩向袁术弯腰作揖致谢，不小心使藏于怀里的橘子滑落到地。袁术便向陆绩问缘由。陆绩羞愧不已，当即跪下据实以答："吾母性之所爱，欲归以遗（wèi）母。"袁术听后深为感动。由此，"怀橘遗亲"成为古人思亲、孝亲之典故，并被列为古代"二十四孝"之一。真乃"孝顺皆天性，人间六岁儿。袖中怀绿橘，遗母事堪奇"。

《二十四孝》全名《全相二十四孝诗选集》，是元代学者郭居敬（一说是其弟郭守正）编撰的历代二十四个孝子行孝的故事集，是中国古代宣扬儒家思想及孝道的通俗读物。书中所载孝子所处环境不同、遭遇不同，故事也各不相同，但都围绕"孝"作文章。在今天看来，书中故事有的可圈可点，也有的过于夸张。如"卧冰求鲤"，为了给病中的继母弄条鲤鱼，冰天雪地里竟然脱了衣服躺到冰面上用体温去化冰，不是愚蠢又是什么？还有的纯属糟粕，如"埋儿奉母"，为了让母亲多一口吃的，竟然以"儿可再有，母不可复得"为由，连三岁的亲生儿子都要埋掉，更是愚孝至极，有失人性。若不是挖坑时捡了块金子，从此过上"幸福日子"，那果真就埋了儿子了，也不知活着的母亲面对"多出来的一口"能吃得下去不？

"怀橘遗亲"应该是"二十四孝"中最靠谱的故事之一。橘子口味酸甜、营养价值高，6岁的陆绩在外看到橘子，就想着带给母亲吃,确实孝心可嘉,也符合这个年龄段孩子的本性。怪不得举孝廉出身的袁术也"大奇之"。

不过,陆绩虽然出名很早,却是三国人物中很冷门的一个,在《三国演义》中仅出现于"舌战群儒"一幕,还相当于半个丑角。他是主张归降的东吴文臣中的一员,和周瑜、鲁肃等抵抗派针锋相对。诸葛亮舌战群儒时,陆绩贬低刘备,称其"只是织席贩屦之夫耳",诸葛亮便拿出他"怀橘"之事来还击,意指其"窃橘",洋洋洒洒说了一大段之后,还不忘来一句:"公小儿之见,不足与高士共语!"把陆绩呛得一时语塞。

其实,这只是《三国演义》为了突出诸葛亮的"光辉"形象而做的艺术处理。俗话说:"3岁看大,7岁看老。"6岁的陆绩是为了孝母而"怀橘",还是为了多吃而"窃橘",通过他长大后的为人和为官,自有公论。

橘子,也从那时起,伴随陆绩一生。

橘枳之辩

原产于中国南方的橘,早在陆绩出生前700多年的春秋晚期,就笑靥如花地开始了自己的故事:"南橘北枳"。晏子,是故事的主角。

作为春秋后期齐国政治家、思想家、外交家,晏子为齐国立下汗马功劳。晏子原名晏婴,齐国夷维(约为今山东高密)人,公元前556年,其父晏弱去世后,继任齐卿,历任灵公、庄公、景公三世。相传晏子身材不高,貌不出众,《晏子春秋·内篇杂下》记载了"晏子使楚"的故事,楚王设局,一再嘲弄他。进城门时，楚人嫌他矮小，只为他开边上的小门，晏子不肯进，说："使狗国者从狗门入，今臣使楚，不当从此门入。"迎他的人只好开大门，让他进来。晏子见到楚王后，楚王说："齐国没人了吗？怎么让你担任使者？"晏子说："齐命使，各有所主。其贤者使使贤王，不肖者使使不肖王。婴最不肖，故宜使楚矣。"

楚王请晏子喝酒，两个小吏按先前设计的"剧本"故意绑了一个人进来。楚王问："被缚者何人？"吏说："齐人，因为偷盗。"楚王对晏子说："齐人都擅长偷盗吗？"晏子即说了那段著名的话："婴闻之，橘生淮南则为橘，生于淮北则为枳，叶徒相似，其实味不同。所以然者何？水土异也。今民生长于齐不盗，入楚则盗，得无楚之水土使民善盗耶？"一连输了三个回合，楚王只好笑着圆场："看来圣人不能随便开玩笑，我反而自讨没趣了。"此后将晏子尊为上宾。

枳和橘同属芸香科植物，但两者的叶、花、果都有区别。枳的果实酸苦而涩，不能食用，却跟橘一样，性温而能做药用。枳的舒肝止痛、破气散结、消食化滞、除痰止咳等功效和橘的舒肝理气、补血健脾、和胃生津、润肺清肠、除燥利湿等功效也有些类似。枳和橘都喜欢温暖湿润的环境，但枳较耐寒，橘不耐寒。枳在中国北到山东、陕西、甘肃，南到湖南、湖北、江西甚至广东、广西的大多数省区都有分布，可谓淮南淮北都有枳，不存在"橘生淮南则为橘，生于淮北则为枳"的可能，最大的可能是"橘生淮南为橘，生淮北则亡""枳生淮北为枳，生淮南亦为枳"。典故"南橘北枳"，只能反映晏子的足智多谋和滔滔辩才，以及一点儿狗屎运。倘若楚王知道枳的分布，知道"枳生淮南还是为枳"，完全可以用这句话来应对："齐人至楚，尤枳至淮南，贼性难改，与水土何干？！"

晏子之后200多年，橘被楚国士大夫屈原以一首《橘颂》再次拉进历史的目光中："后皇嘉树，橘徕服兮。"其时，屈原遭谗被疏，赋闲在郢都，面对美丽动人的橘，想到晏子"橘生淮南则为橘，生于淮北则为枳"的典故，感慨橘"受命不迁，生南国兮。深固难徙，更壹志兮"的高洁本性，挥笔成诗，也开创了中国咏物诗的先河。

屈原当过左徒、三闾大夫，曾极力推行改革，由于触犯了既得利益者，故而在大多数时间里，不是被流放，就是走在被流放的路上。而他那颗想为国效力的拳拳之心又从未改变，一直盼望着能被楚王召回，以至于公元前278年，当他听说楚国都城被秦军攻破，顿觉万念俱灰，投汨罗江自尽，以身践行了"行比伯夷，置以为像兮"的理念。伯夷是商末孤竹国人，商亡后不肯食周粟，最终跟弟弟叔齐一道饿死在首阳山上。

和陆绩一样，屈原也得了橘的成全。

橘井廉石

陆绩，除了是一个"怀橘"的孝子，还是一个知名的清官。他的事迹至今仍是为官清廉的教材。

因为陆孙两家的恩怨，孙策死后，孙权对秉性刚直的陆绩颇为忌惮，屡屡打压，于是派陆绩去偏远的郁林郡（约今广西贵港市）为太守。当时，郁林是蛮荒之地，气候酷热，环境恶劣，瘴疫流行，条件艰苦。陆绩上任后，走遍山山水水，了解民情，体察民生。他发动民众在南江村建筑郡城，并在南江上黄屯凿井，以提高饮水质量和改善生活条件，减少疫病传播。陆绩在郁林8年，不但爱惜民力，轻徭薄赋，让州郡得治，还严于律己，清正廉洁，深得百姓爱戴。在此期间，陆绩的幼女出生，他特地为她取名郁生，以表达对这片驻地的热爱。

陆绩卸任时，准备从海路返回故乡吴郡，与别的太守离任时满载而归不同，他除了随身带了几箱书和简单的行李之外，再无他物。船夫见货物太轻，吃水太浅，担心安全不肯开船。于是陆绩上岸买了两大瓮咸菜和一担笋干压船，但船还是吃水太浅。而陆绩所带银两无多，情急之中见到岸上有一巨石，打听到是无主之石后，便请人搬上船压舱，方得以顺利地从广西沿着海岸线，一路航行到吴郡华亭。此事令陆绩千古流芳。后人作诗赞曰："郁林太守史称贤，金珠不载载石还。航海归吴恐颠覆，载得巨石知其廉。"

那块压舱巨石，现保存在苏州文庙碑刻博物馆中，成公正廉洁的象征。那是一块极为普通的花岗岩，高约两米五，厚六十余厘米，宽将近两米。陆绩回到家乡后，舍不得丢弃，将它安置在老宅院中，和他以前栽种的橘在一起。

想来，那么大那么重的一块石，得多少人合力才能搬上船呀？而以如泰山一般厚重的石，来喻两袖清风，更是意义非凡。千余年后（1496），明代监察御史樊祉到苏州，命人将这块石从陆绩旧宅移至城中察院场新建的亭中，令人刻上"廉石"两字，并着以红色。清代康熙四十八年（1709），苏州知府陈鹏年将石移入苏州文庙之内。

陆绩取石之地，被称为"廉石大埠"，今存遗迹。陆绩和橘，也始终没有分离。陆绩在郁林南江村留下的井，被称为"陆公

冬 / 179

井"，五代时南汉贵州判史刘博古在井边栽橘一棵，陆公井又被称为橘井、怀橘井，此地地名也被定为怀橘坊。清代光绪三十四年（1908），时任知县的东莞人蒋航将这一地带定名为"橘井名区"，牌楼至今尚存。

橘，一直陪伴和见证着井、石，成为一种情操，妥帖安然地度过一个又一个大雪时节。

蜡梅:凌寒迎冬至,无关腊和梅

"西北风袭百草衰,几番寒起一阳来。白天最是时光短,却见金梅竞艳开。"

金梅即蜡梅。冬至一阳生,蜡梅迎风来。

早在2500多年前的春秋时期,中国就已经用土圭观测太阳,测定出了冬至。冬至是二十四节气中最早定下的一个节气。殷周时期规定冬至前一天为岁终之日,相当于春节,排在二十四节气的首位,被称为"亚岁"。民间也有"冬至大如年"之说。

冬至日是一年中白昼时间最短的一天,自冬至起,白昼一天比一天长,阳气回升,下一个循环开始。古人认为,冬至乃大吉之日也。

蜡梅,即携金黄润泽的色彩、精巧有型的姿态,与大吉之冬至,相映成辉。

蜡梅不是"腊"

蜡梅好像天生为冬至而生。

一朵朵金雕蜡铸般的黄色小花儿,缀在纤细疏散的灰褐色枝干上,迎着风雪,耐着寒霜,溢着清香,以一派"枝横碧玉天然

瘦,蕾破黄金分外香"的清姿丽质,令吉祥之冬至,更具深意。

人们很早就对蜡梅另眼相看了。她的点点澄澈金黄,珠圆玉润,玲珑欢喜,于君子而言,犹如贴身的环佩;于佳人而言,恰似依镜的容妆。从中国古典哲学的核心阴阳五行学说来看,她的黄,在五色"青、赤、黄、白、黑"里,配五行"木、火、土、金、水"中的"土"和五方"东、南、中、西、北"的"中",居中,属土,含尊贵之意。黄色,也是历代皇帝都喜爱的颜色。

唐代以前,几乎没有"蜡梅"一词之说,至北宋元祐年间之前,蜡梅都被称为黄梅、金梅,"蜡梅"之名大约是北宋京洛一带的人取的,经北宋文学家苏轼、黄庭坚的阐释后定名。

苏轼说蜡梅"香气似梅,似女工撚(niǎn)蜡所成,因谓蜡梅",他在《蜡梅一首赠赵景贶》中写道:"天工点酥作梅花,此有蜡梅禅老家。蜜蜂采花作黄蜡,取蜡为花亦其物。"黄庭坚也在《出礼部试院王才元惠梅花三种皆妙绝戏答三首》的卷首自注,表达了与苏轼相同的意思:"京洛间有一种花,香气似梅花,亦五出,而不能晶明,类女功撚蜡所成,京洛人因谓'蜡梅'。"

无疑,蜡梅最早最正统的写法是"蠟梅"。这个蠟专指蜜蜡、蜂蜡等物,用以形容蜡梅花瓣呈黄色、质地油亮光润似蠟一般。蠟是蜡的同义同声的繁体字,现代写成蜡梅。蜡梅之"蜡",乃蜂蜡、黄蜡之"蜡"。

"蜡"的另一种读音是zhà,在古代也读zhà,但不能写成"蠟",意思为一种年终祭祀。而古代农历十二月,还有一场合祭众神的重大祭祀,叫作臘(là),由于臘是在一年中最后一个月举行,这个月份往往被称为臘月,"臘"的简体字为"腊",现称腊月。秦朝之后,两种祭祀慢慢合并为一了,曹魏时期古汉语训诂学家张揖撰写的《广雅》里记载了这种风俗："周曰蜡，秦曰臘。"

所以，蜡梅不是"腊"，只是由于花期横跨了腊月，才跟"腊"扯上关系。写成"腊梅"，是传讹的结果。南宋诗人王十朋以一首《蜡梅》，肯定了苏轼和黄庭坚的定名之功："蝶采花成蜡，还将蜡染花。一经坡谷眼，名字压群芳。""坡谷"即苏东坡和黄山谷。苏轼，字子瞻，号东坡居士；黄庭坚，字鲁直，号山谷道人。《广群芳谱·花谱二十·蜡梅》引用明代学者王世懋（mào）的《学圃余蔬》，进一步为蜡梅正名："考蜡梅原名黄梅，故王安国熙宁间，尚咏黄梅，至元祐间苏黄命为蜡梅。人言腊时开，故名腊梅，非也，为色正似黄蜡耳。"王安国是王安石的弟弟，二人同为北宋政治家。

冬至，且记蜡梅开。

蜡梅不是梅

古往今来，很多人把蜡梅与梅混为一谈。其实，蜡梅不是梅。蜡梅与梅，是两个不同的物种。

蜡梅是蜡梅科蜡梅属落叶灌木，高达4米，常丛生；梅是蔷薇科李属小乔木或稀灌木，高4至10米。蜡梅花是黄灿灿地令人眼前畅然一亮；梅花是红、粉红、粉白得令人心头诗意喷薄。蜡梅花"蜡"质感强、花瓣比较硬而数量较多；梅花"纸"质感强，花瓣比较软，一般为5片。蜡梅开在冬至时节，盛花期在腊月隆冬；梅则在开春开放，盛花期要晚两个月，梅花一般在蜡梅花开之后，才接力绽放。蜡梅又称寒梅、冬梅，为花中"寒客"；

梅别称春梅,是花中"清客"。

蜡梅与梅最大的相似之处,是都拥有令人心神荡漾的香气。也许,正是这一份合意投缘的香,加上花期接近的缘故,让蜡梅的名字中含了"梅",让人们愿意将她们混淆。但蜡梅之香更为浓烈,梅之香则更显淡雅。香,也略有区别。

蜡梅的美,令古人的冬天都是暖暖的。

黄庭坚也是这个感觉温暖的古人之一。作为"苏门四学士"之一,黄庭坚与张耒、晁补之、秦观都游学于苏轼门下,黄庭坚还与苏轼齐名,世称"苏黄"。苏轼是最早肯定和宣传"苏门四学士"的,他说:"如黄庭坚鲁直、晁补之无咎、秦观太虚、张耒文潜之流,皆世未之知,而轼独先知。"

黄庭坚常常同苏轼一同观赏蜡梅。不过,他的观赏还是有个问题,即前文中他在自注中说的蜡梅"五出",即5片花瓣。但实际上,蜡梅不是5片花瓣,她以外轮小、中间大、内轮小的花瓣形状,开出的花瓣数有时达10瓣至20瓣。

不知黄庭坚为什么说蜡梅"五出"。想他和苏轼能够把"女工捻蜡"都观察到,应该是观察力较强的人,那么,他是不小心把蜡梅和梅弄混了,还是眼疾导致他不能看清楚呢?

据史料记载,和苏轼一样,黄庭坚也有近视,还被时不时光顾的急性结膜炎、沙眼等小毛病困扰。急性结膜炎即人们通常所说的"红眼病",红眼病的自觉症状常常是眼部有异物感、烧灼感、并伴发痒和流泪等,沙眼的临床表现也是有异物感,伴畏光、流泪、有较多黏液或黏液脓性分泌物等。这两种眼疾都有传染性,红眼病尤甚。得红眼病的时候,黄庭坚也经常去苏宅串门,红眼病便飞翔在苏黄之间。天性达观的苏轼还为红眼病写了小短文，如收入《东坡志林》的《子瞻患赤眼》："岁日，余患赤目，或言不可食脍。余欲听之，而口不可，曰：'我与子为口，彼与子为眼，彼何厚，我何薄？以彼患而废我食，不可。'子瞻不能决。口谓眼曰：'他日我痁，汝视物，吾不禁也。'"

翻译成白话文，可以变得这样有味：新年第一天，我得了红眼病。有人说，红眼病患者忌食肉类，我本来想听他的劝，我的嘴却指责我说："姓苏的，我是你的嘴，他是你的眼，彼此同属五官，地位相同，凭什么那样照顾他，单单亏待我呢？要是你因为眼有病而不许我吃肉，那我可不答应你。"我一听，嘴的话有道理耶，就不知如何是好了。这时，我的嘴又对我的眼说："眼儿，要是你让我吃肉，那以后假如我有了病，随便你怎样看花花世界，我都同意，绝不向老苏头告你的状喔。"

真是颇富天真烂漫之谐趣的段子啊，令人忍俊不禁。估计黄庭坚看后会笑岔了气。想两个男人，不时以一对像兔子眼睛一样红的眼睛互瞪，兼以乐呵呵地调侃，真是可爱得很。笑声，会不会把蜡梅花花瓣都震落呢？

作为超级美食家，苏轼自然也舍不得蜡梅。他只要寻得蜡梅，除了作文赞赏之外，还会摘下一些，回家洗净熬汤做菜吃。有时候，苏轼还会将蜡梅花和甘菊、枸杞一起，加清水煮开，用水面上冒着的热腾之气，来熏蒸他那因为饱读诗书而倍感疲乏的眼。

蜡梅花辛、温、无毒，能够生津、顺气，确是可以食用的。但蜡梅的种子和果实有毒。种子可作为泻药，泻下的峻猛程度等同于巴豆。明代小说家吴承恩借猪八戒之口说出了巴豆之毒。在《西游记》第六十九回"心主夜间修药物，君王筵上论妖邪"中，面对准备用巴豆给朱紫国国王治病的孙悟空，猪八戒特别提醒道："巴豆味辛，性热，有毒；削坚积，荡肺腑之沉寒；通闭塞，利水谷之道路；乃斩关夺门之将，不可轻用。"

充满情趣的眼和嘴，就这样经苏轼之手，得到了蜡梅的滋养。红眼病和沙眼也都不会影响眼睛对蜡梅花瓣数目的观察，近视把蜡梅花瓣数目看错的可能性也不大。最大的可能是，在观赏的某一天，黄庭坚是在一瞬间把梅花看成了蜡梅花并随即记了下来。

因为，大多数梅花都是"五出"。

踏雪寻蜡梅？

因为相似，蜡梅和梅之间，荡漾着几许缠绵。

例如，那著名的"踏雪寻梅"之典故说到的梅，是蜡梅，还是梅呢？明末清初文学家、史学家张岱的百科类图书《夜航船》里记载，唐代诗人孟浩然，常常冒雪骑驴寻梅，还曰："吾诗思在灞桥风雪中驴背上。"

"踏雪寻梅梅未开，伫立雪中默等待。"这样的情致，真是令人喜爱和向往。只是，张岱没有告诉我们，孟浩然寻的是什么梅。对孟浩然的诗犹如有心灵感应般的隔代唱和过的苏轼，以及最积极、最自觉地学习孟浩然之诗的黄庭坚都没有告诉我们，孟浩然寻的是蜡梅还是梅。

蜡梅开在冬至时节，梅开在开春时，冬至和开春之时，都有可能降雪。想来，孟浩然寻的梅可能既是蜡梅，也是梅。或者，他当时也分不清楚。

有同样疑问的还有"松竹梅岁寒三友"。这个典故相传也源于苏轼。他被贬至黄州时，曾在东坡开荒种地，苏东坡的名号由此而来。苏轼在东坡种了稻、麦等农作物，又筑园建房，取名"雪堂"，并在四壁画上雪花，还在园子里遍植松、柏、竹、梅等花木。一年春天，黄州知州徐君猷来访，打趣道："你这房间起居睡卧，环顾侧看处处是雪，当真的天寒飘雪时，不会觉得太冷清了吗？"苏轼便手指院内花木，爽朗大笑："风泉两部乐，松竹三益友。"风声和泉声是可解寂寞的两部乐章，枝叶常青的松、经冬不凋的竹和傲雪开放的梅，是可伴冬寒的三位益友，何来冷清之说呢？

后人便借"岁寒三友"表现铁骨冰心的高尚品格，引申为生命力旺盛之意，成为吉祥的象征。从这个意义上说，蜡梅显然比梅更为合适。

冬至不是一年中最冷的时节，紧接下来还有小寒和大寒。在中国古代北方，由于御寒保暖的条件差，天寒地冻被认为是一种很大的生存威胁，人们便发明"数九"的方法来排遣心中恐惧，表达对生活的祝福，"九九消寒图"即应运而生。从冬至那天起就算进九了，以9天作一单元，连画9个9天，到九九共八十一天，图画成了，冬天也就过去了。

最初的"九九消寒图"非常简单，就是农妇用烧火棍在墙上每天画上一道印，或横或竖，9个一组，共9组，81天。发展到了宋代，人们在冬至日绘制的《九九消寒图》就是一树素梅，开出9朵花，每朵花9瓣，共81瓣。每天描红一片花瓣，每描完一朵花表示过了一个"九"，待全图描完，则"数九"寒天已过，春暖而花开。此外，还有一些填字的数九游戏，比如繁体字的

"门前垂柳珍重待春风"，每个字9画，每天填一画，正好81画，填完后就冬去而春来。

古人的浪漫、风雅和对生活的爱真是深浸至骨子里的，无论周边环境多么险恶，都不能消弭情怀和挚爱。再看那冬至日画的"九九消寒图"上的9朵素梅，既然花开9瓣，就极有可能是蜡梅，而不是梅。

在踏雪寻梅、岁寒三友、九九消寒图等中国博大精深的消寒文化中，蜡梅的风采也许展现在梅身上。然而，这也没有什么关系。文化传承的主要是精气神，蜡梅和梅，精气神相通。

小寒始吹花信风,水仙凌波款款来

小寒始,花信风来。

人们把花应节气而开时吹过的风叫作"花信风",意为带有开花音讯的风候。风很守信用,到时必来。

花信风从小寒节气开始吹,吹至谷雨。四个月,八个节气,二十四候。每候五日,三候为一个节气,以一花之风信应之,为"二十四番花信风"。每候都有某种花卉绽蕾开放,以梅花为最先,以楝花为最后。经过二十四番花信风之后,以立夏为起点的夏季就来了。

水仙,开放在小寒时节的第三候(一候梅花、二候山茶、三候水仙),她的渺渺仙气,令小寒熠熠生辉。

水仙恋影

我养过水仙。

我把她放在室内盛有清水的浅盆中,在水里放上几颗浅黄淡白的小石子。我看着水仙像大蒜子一样的底盘,亭亭玉立于清波之上。她的身体慢慢地张开翅膀,露出绿色的嫩叶,开出白色有着黄蕊的小花。绿裙、青带、素花,格外动人。因为有了水仙的

陪伴，室内便有了足够的温暖和清香。常常有人来室内闲坐，看花，聊天。人和花，都欢喜着，交相辉映。

水仙别名金盏银台，明代医药学家李时珍说："此物宜卑湿处，不可缺水，故名水仙。金盏银台，花之状也。"水仙也很早就有"雅蒜"之名，明代学者文震亨著《长物志》载："水仙，六朝人呼为雅蒜。"不过，最早记载水仙传入中国的文献大约是唐代学者段公路著的《北户录》，在其中"睡莲"章节后，有晚唐五代词人孙光宪作的注明。孙光宪说自己在江陵（约为今湖北荆州）任职时，得到过寄居江陵的波斯人穆思密赠送的几棵水仙。北宋学者钱易撰写的笔记小说《南部新书》也作了相似记载："孙光宪从事江陵日，寄住蕃客穆思密尝遗水仙花数本，植之水器中，经年不萎。"

据说，水仙是希腊神话中的美男子那喀索斯变成的。那喀索斯刚出生就被神预言：只要不看见自己的脸就能一直活下去。为了逃避神谕的应验，那喀索斯的母亲刻意安排儿子在山林间长大，远离溪流、湖泊、大海，不让那喀索斯看见自己的容貌。长大后的那喀索斯的确俊美非凡。见过他的女子，无不深深地爱上他。然而，那喀索斯性格清高，对倾情于他的女子不屑一顾。追求者们生气了，要求众神惩罚他。爱神阿弗洛狄忒怜惜那喀索斯，把他化成清幽、脱俗、孤清的小花，盛开在有水的地方，永远看着自己的影子。

这花即是水仙。在西方，水仙花的意译便是"恋影花"。

在中国古代，也有关于水仙的传说，还与洞庭湖渊源深厚。

相传，水仙是尧帝的女儿娥皇、女英的化身。她们同嫁给舜，三人感情甚好。舜在南巡时驾崩，娥皇与女英便双双殉情于湘江。上天怜悯二人的至情至爱，将其魂魄化为江边水仙，成为腊月水仙的花神。

东晋方士王嘉的《拾遗记·洞庭山》则说水仙是楚人对投江而逝的战国时期楚国诗人屈原的称谓，他写道："后怀王好进奸雄，群贤逃越。屈原以忠见斥，隐于沅湘，披蓁茹草，混同禽兽，不交世务，采柏实以全桂膏，用养心神；被王逼逐，乃赴清泠之水。楚人思慕，谓之水仙。"

洞庭山即今天的君山，位于洞庭湖中，娥皇、女英的墓也在那里。楚人称屈原为"水仙"，也许只是"水中之仙"的意思，并不一定与水仙花有关。据传，寄居在属于楚国的湖北荆州一带的穆思密也了解屈原，觉得屈原行吟泽畔的形象与那喀索斯颇有几分神似，遂以"水仙"之名替代"恋影花"，赠送给了孙光宪。

水仙与洞庭湖的渊源，还辐射到被称为"水仙之乡"的福建漳州龙海市等地。龙海水仙的发祥地在圆山东北面山麓的琵琶坂，相传是在明朝景泰年间，由琵琶坂一位名叫张光惠的人从洞庭湖带回去的。当时张光惠在洞庭湖游览，偶遇湖面上漂来的一种花，花莹韵，香清微，不禁作诗大赞"凌波仙子国色香，湖上飘游欲何往？岂愿伴我南归去，琵琶坂下是仙乡"，遂将其带回琵琶坂，用泉眼中涌出的泉水浇灌，命名为"水仙"。

由是，凌波仙子踏水而来。

水仙如命

水仙无疑是属于一切爱美的人。她的花语有两说，一是纯洁，二是吉祥。

但凡水仙盛开之处，水总是格外洁净，空气也格外清新。水仙又简单朴素，只需要适当的阳光、温度、清水、石子，就能够生根发芽，从这个角度来说，胜过松、竹、梅。一如宋代诗人姜特立的《水仙花》所云："六出玉盘金屈卮，青瑶丛里出花枝。清香自信高群品，故与红梅相并时。"

于是，水仙很得隐者心，如南宋遗民、元代画家王迪简和南宋画家赵孟坚，都把水仙爱得真切。王迪简轻轩裳而重名节，薄田园而厚文墨，以山人处士自居，徜徉于青山绿水间。他善画山水、竹石，以尤精水仙闻名。他的《凌波图》现藏于故宫博物院，另一幅《水仙图》藏于日本。赵孟坚在南宋变成元代后不乐仕途，基本上隐居，他的《水仙图》现藏于天津博物馆。

把水仙爱得最具特色的，要数明末清初的李渔（1611—1680）。李渔是一个奇人，相传他襁褓中能识字，四书五经过目不忘，十来岁能下笔千言赋诗作文。他一生著述多达500万字，涉及文学、戏剧、出版、百科等方面。他的代表作《闲情偶寄》包括词曲、演习、声容、居室、器玩、饮馔、种植、颐养等8部，在中国传统雅文化中享有很高声誉，被誉为古代生活艺术大全。他还写了大量剧本和小说，批阅《三国志》，改定《金瓶梅》，倡编《芥子园画谱》等。甚至，那部多次遭禁的艳情小说《肉蒲团》也是他的大作。

李渔半生在明代，半生在清代。明亡以后，他也一心想归隐，只是没隐得彻底。他把水仙当命来爱，以《水仙》一文道出心声："水仙一花，予之命也。予有四命，各司一时：春以水仙、兰花为命；夏以莲为命；秋以秋海棠为命；冬以腊梅为命。无此四花，是无命也。一季缺予一花，是夺予一季之命也。"他说，水仙是他的命。他有四条命，存于一年四季中，春天以水仙、兰花为命，夏天以莲花为命，秋天以秋海棠为命，冬天以蜡梅为命。如果没有这些花，也就没有他的命了，如果哪一季缺了这一种花，那就等于夺去了他那一季的命。

李渔为了水仙，甚至还冒着大雪从他乡赶到南京，因为当时南京的水仙很有名。在南京的丙午年（1666）春天，李渔穷困潦倒，无余钱过年，也无余钱买水仙。家人便要李渔克制一下，一年不看水仙也没啥关系啊。李渔却说："难道你们要夺我性命吗？我宁可少一年寿命，也不想一个季节没有我爱之花的陪伴。况且我如果看不到水仙，还不如不来南京，就待在他乡过年算了。"家人劝不过他，只好给他玉饰，让他去换水仙。

好一个执着有趣的人，真像孩童一般。跟随着命运的长河，带着对水仙的执念，李渔把大起大落的生活过得活色生香。

水仙有毒

水仙冰清玉洁，却有毒。

作为石蒜科水仙属草本植物，性味苦、微辛、滑、寒之水仙的毒性主要集中在鳞茎里，有毒物质多为石蒜碱、多花水仙碱等多种生物碱，牛羊误食会立即出现身体痉挛、瞳孔放大、暴泻等症状，人误食会出现严重呕吐、水样腹泻、腹痛、眩晕、恶心等症状，严重时都会危及生命。水仙的汁液也有毒，中毒症状与误食鳞茎类似。对花粉过敏的人接触水仙花的香气时，也会产生不适症状。

然而，水仙又能入药，有祛风、清热、除毒之功效。水仙的鳞茎经专业方法炮制和捣烂后可敷治痈肿、镇痛消炎。洁净、好看、有用，还有毒，这才是水仙的价值。洁身自好，可远观而不可亵玩，这就是水仙的气节。屈原、王迪简、赵孟坚都有着这样的气节。

李渔也有这样的气节。

他祖居浙江金华府兰溪县夏李村，他的后半生，大多数时间住在杭州和金陵，是一个"卖赋糊口"的专业作家，常常出入士大夫门庭"打抽丰"。"打抽丰"是明清时代风行的一种社会现象，即未做官的文人，凭某些特长，出入士大夫之门，以此得到馈赠，士大夫也借这班人来获取美名。"我以这才换那财，两厢情愿无不该"，李渔"混迹公卿大夫间，日食五侯之鲭，夜宴公卿之府"。当然，李渔"打抽丰"有自己的原则，绝不折节自辱。一次，有同学来信说，有个大官要他去见见面，他大约对这个大官的品行不"感冒"，便回信说："弟虽贫甚贱甚，然枉尺直寻之事，断不敢为……且此公之欲见贫士，岂以能折节事贵人乎？有缘无缘，听之而已。"李渔交友有道，深明"君子朋而不党""君子之交淡如水，小人之交胶如漆"等古训。他在《交友箴》中写道："饮酒须饮醇，结交须结真。饮醇代药石，交真类松筠。……交道戒纷纭，交情忌稠密。神交千里通，面交九嶷隔。宁寡无滥觞，宁淡无胶漆。"

56岁那年，李渔得到了极具艺术天赋的乔、王二姬，遂创立李氏家班，自任教习和导演，将自己创作和改编的戏剧悉数排演，狠狠地过了一把艺术瘾。他以南京芥子园为根据地，带领家班四出游历、演剧，"全国九州，历其六七"。可惜好景不长，由于积劳成疾，乔、王二姬只过了7年就相继逝去，留下李渔悲恸欲绝。

当时有些文人看不起李渔，说他"有文无行"，他也不去争辩，只是坚定地认为："是非者，千古之定评，岂人之所能倒？""生前荣辱谁争得，死后方明过与功。"他相信，历史会对自己做出公正的评判。

三百多年以后的今天，历史证实了李渔对自己的评判。这样的艺术人才，确实是古往今来不可多得的，被所谓"文人"看不起又有什么关系呢？好比水仙，有毒，但更有用，人们记住的，永远是她超凡脱俗的美。

"得水能仙与天奇，寒香寂寞动冰肌。仙风道骨今谁有，淡扫蛾眉簪一枝。"突然忆起当时有水仙相伴时高朋满座的场景了。大多都是年少的人，在水仙的雅致中，扬着青春逼人的脸，含着羞涩清浅的笑，说着简单清澈的话，仿佛一首歌的词儿："记得当时年纪小，我爱谈天你爱笑，有一回并肩坐在桃树下，风在林梢鸟在叫，我们不知怎样困觉了，梦里花落多少。"

透过水仙，我依然看到那清纯如水的情怀，和盈盈浅笑的模样。只是年华如水，早已渐行渐远。

大寒兰花,一国之香

"我从山中来,带着兰花草,种在校园中,希望花开早。"

耳熟能详的歌声,让兰花一下子映入眼帘。作为大寒花信风中的二候(一候瑞香,二候兰花,三候山矾),兰花的清新素洁和馥郁芳香,令寒冬生出暖意。而兰花的悠久历史和深厚情怀,又让日子充满底蕴和希望。

大寒,这个二十四节气中的最后一个节气,便伴着兰花,携带着冬天的味道,孕育着春天的气息。日子,在每一个承上启下里,循环复始,继往开来。

卧薪尝胆,渚山种下越王兰

中国人很早就栽培兰花了。

南宋文学家罗泌的《路史》记载:"尧帝之世有金道华种兰。"说的是4000年前尧帝时期,有一个叫金道华的人种植兰花。而他的种兰之地,相传是金华(约为现浙江省金华市)旁边的兰溪。西晋文学家、政治家张华编纂的《博物志》也有舜帝南巡时在兰台亲手栽兰的记载。兰台的故址相传是现在的湖北省钟祥市东部,最早为战国时期楚国的台名。先祖为抵御洪水在河畔

修筑了三座防水高台。舜帝南巡驻扎在此地,在中台种下兰蕙,因而被人称为兰台。

兰花全草均可入药,其性平,味辛、甘、无毒,有养阴润肺、利水渗湿、清热解毒等功效。然而,药效并非她留下盛名的原因,她特别令人赞赏和喜爱的,是在大寒时节静默绽放的高洁、坚定的品格。

"兰为王者香。"孔子(前551—前479)是中国历史上第一个歌颂兰花的人,他给兰花戴上了"王者香"的桂冠,还为兰花创作了一首琴曲《猗兰操》(又名《幽兰操》)。这个"操"就是节操、操守的意思。东汉文学家、音乐家蔡邕在《琴操·猗兰操》中记载:"《猗兰操》者,孔子所作也。孔子历聘诸侯,诸侯莫能任。自卫反鲁,过隐谷之中,见芗兰独茂,喟然叹曰:'夫兰当为王者香,今乃独茂,与众草为伍,譬犹贤者不逢时,与鄙夫为伦也。'乃止车援琴鼓之云:'习习谷风,以阴以雨。之子于归,远送于野。何彼苍天,不得其所。逍遥九州,无所定处。世人暗蔽,不知贤者。年纪逝迈,一身将老。'自伤不逢时,托辞于芗兰云。"此中"习习谷风,以阴以雨。……"就是孔子作的《猗兰操》的内容。

春秋末期,越王勾践(约前520—前465)除了留下"卧薪尝胆"的故事以外,也留下了"种兰渚山"的传说。这事记载在号称"地方志鼻祖"的《越绝书》中。这是一本专门记载古代吴越地方史的杂史,有"一方之志,始于《越绝》"之誉,它的成书时间在春秋战国和东汉之间,关于作者说法不一,有说是子贡、子胥,也有说是东汉会稽山人袁康、吴平。原书16卷25篇,现存15卷19篇,"勾践种兰渚山"的记载在已辑佚的6篇之中,但绍兴文史资料中多次引用。《宝庆续会稽志》（1225年）关于"兰"的记载中提道："兰，《越绝书》曰：勾践种兰渚山。"

公元前492年，越王勾践从吴国被释放回国，立志灭吴，报仇雪耻。《史记》记载："越王勾践返国，乃苦身焦思，置胆于坐，坐卧即仰胆，饮食亦尝胆也。"一方面，他励精图治，鼓励农耕，厚养国力。另一方面，他又时时投吴王所好，对吴王表达"忠心"。吴王广求奇花异草、珍稀禽兽，还不惜人力财力打造宫苑，"台榭陂池必成，六畜玩好必从"。勾践便建立犬山以畜犬，猎南山白鹿，以献吴；又建立美女宫，调教美女西施、郑旦，在渚山建立兰花基地，以呈吴王。十年生聚，十年教训，终于灭吴称霸，逐鹿中原。

勾践的种兰之地——渚山，因为勾践种兰，而被后人命名为兰渚山。兰渚山是距绍兴城以南二十五里的小山，东临古鉴湖，西背会稽山。兰渚山下的集市命名为花街，汉时所建的驿亭称为兰亭。

兰亭，因兰而美。

曲水流觞，千年兰亭一序名

在勾践种兰800年以后，因为一场聚会，兰渚山下的兰亭再一次声名鹊起，并在岁月的悠悠长河中熠熠生辉。

《旧经》曰："勾践种兰之地，王、谢诸人修禊兰渚亭。"《旧经》全名为《越州图经》，成书于北宋祥符年间（1008—1016）。文中的王、谢，分别指东晋书法家王羲之和政治家谢安。"修禊（xiū xì）"，古称"祓禊（fú xì）"，是源于周代的一种古老习俗，即农历三月上旬"巳日"这一天（魏以后始固定为三月三日），到水边嬉游、沐浴、洗濯，以除病去邪、消灾免恙。后来将文人饮酒赋诗的集会，也称为修禊。按照《旧经》的说法，勾践种兰之地，和王羲之等人修禊的兰亭，是同一个地方。

353年（东晋永和九年）三月三日，时任右将军会稽内史的王羲之邀时任司徒的谢安、左司马孙绰等亲朋好友共42人在兰亭修禊，以"曲水流觞"的游戏，饮酒赋诗。他们围坐在回环弯曲的水渠边，将特制的酒杯（一般为漆器）置于上游，任其顺着曲折的水流缓缓漂移，酒杯停到谁的跟前，谁就得赋诗一首，否则罚酒一杯。如此循环往复，直到尽兴为止。那一场聚会中，王羲之、谢安、孙绰等11人各作诗两首，散骑常侍郗昙、前参军王丰之等15人各作诗一首，另有王献之等16人因未成诗而罚酒三杯。所有人都记录在册，有姓有名，且大多有官职，37首诗收录成一个集子，名《兰亭集》。活动结束时，大家公推此次活动的召集人王羲之写一篇序文，王羲之于"微醉之中，振笔直遂"，用蚕茧纸、鼠须笔疾书出324字、28行的《兰亭集序》："永和九年，岁在癸丑，暮春之初，会于会稽山阴之兰亭，修禊事也。群贤毕至，少长咸集。此地有崇山峻岭，茂林修竹；又有清流激湍，映带左右，引以为流觞曲水，列坐其次。虽无丝竹管弦之盛，一觞一咏，亦足以畅叙幽情……"疏朗简净、玲珑剔透的语言，读来朗朗上口、韵味深长。书写更是遒媚飘逸，字字精妙，点画灵巧，凡有重复之字，皆变化不一。这有如神助的篇章，被历代书法界奉为极品，号称"天下第一行书"。

相传王羲之酒醒之后，也陶醉于自己的这幅作品中。因为有几处涂改，他觉得美中不足，便想重新写一下。谁知前后写了多遍，都感到不如原稿。只可惜这样一件书法珍品，最后做了唐太宗李世民的殉葬品，现在流传下来的都是摹本。

而王羲之与越王勾践的渊源，除了兰渚山和兰亭之外，还有被送给吴王的美女西施。西施出生于越国诸暨苎萝村施家，苎萝有东西二村，西施居西村，故名西施。其父卖柴、母浣纱，西施亦常浣纱于溪，故溪又被称为浣纱溪。在当年西施浣纱之处，有一大方石，上镌"浣纱"二字，就是王羲之的手笔。

古石犹在，兰花仍香。

借兰言志，抱芳守节惟斯人

"犹记兰亭三月三，流觞曲水畅清酣。分明一段永和意，好向羲之笔外参。"

兰亭一序，连同曲水流觞的故事，影响了一代一代的中国文人，其中就包括此诗的作者郑思肖。郑思肖对兰的感情，比前人更盛，且更为独特。

郑思肖原名郑之因，连江（约为今福建省福州市连江县）人，出生于南宋理宗淳祐元年（1241）。他的父亲郑起是南宋平江（约为今江苏苏州）书院山长。郑之因年少时秉承父学，明忠孝廉义。20岁左右，为太学优等生，应博学鸿词试，授和靖书院山长。

当元军大举南下时，郑思肖到临安（约为今杭州）叩宫门上疏皇帝，怒斥权臣尸位素餐，恃权误国，要求革除弊政，重振国威，抵抗元军。但上书被权贵扣压，未予上报。

南宋灭亡后，郑思肖学伯夷、叔齐不食周粟，不臣服蒙元的统治。他改名郑思肖，因"肖"是宋朝国姓"赵"（繁体"趙"）的构成部分，字忆翁，号所南，也都包含有怀念赵宋的意思。郑思肖还把居室题额为"本穴世家"，将"本"下的"十"字移入"穴"字中间，便成"大宋世家"，以示对宋的忠诚。郑思肖自称"孤臣"，心系南方，面朝南坐，不北面事异族，平素不与北人来往，听闻有人讲北语，就掩耳走开。郑思肖原与宋宗室、画家赵孟頫交往较多，后赵孟頫降元并任官，郑思肖即与之绝交。赵孟頫曾前往拜访，郑思肖都拒绝见面。

郑思肖擅画兰花，宋亡后，他所画兰花均无土和根，表土地已沦丧于异族、无从扎根之意。他说："土为番人夺，忍著耶？"他笔下兰花疏花简叶，不求甚工，画成即毁，绝不随便送人。当时一些权贵向他索兰花画，他一律不给。而普通老百姓向他求画，他如果感到合意，反而会给。邑宰（县长）求之不得，知其有田，便以增加赋税来威胁他。郑思肖怒道："头可断，兰不可画！"

所以，郑思肖存世至今的兰画极少，现存的两幅《墨兰图》，一幅是藏于日本大阪市立美术馆的《墨兰图》，宽25.7厘米，长42.4厘米，以寥寥数笔，勾勒出一丛优雅清傲之兰，叶与叶之间不交叉，花下无土，根似有若无。画上右边郑思肖自题诗云："向来俯首问羲皇，汝是何人到此乡；未有画前开鼻孔，满天浮动古馨香。"画上左下郑思肖闲章一方画龙点睛："求则不得，不求或与，老眼空阔，清风万古。"诗画相和，情思溢于毫锋，磊落胸襟显现纸上。画上还盖有乾隆、嘉庆、宣统三位皇帝的"御览之宝"印章，显示此画原为清宫的藏品，从乾隆和宣统传承有序，清亡后才被日本人获得。另一幅现藏于美国耶鲁大学艺术陈列馆的《墨兰图》为长卷,所绘之兰为一株一花,墨色淡雅,叶片瘦韧细长,傲然吐露蕊香。画面自题:"一国之香,一国之殇,怀彼怀王,于楚有光。"

郑思肖一生只忠于大宋,唯恐自己"不忠不孝",直到元仁宗延祐五年(1318)去世前,他还叮嘱友人为他撰写牌文"大宋不忠不孝郑思肖"以自责。元末明初的画家、诗人倪瓒(1301—1374)写下《题郑所南诗》:"秋风兰蕙化为茅,南国凄凉气已消。只有所南心不改,泪泉和墨写离骚。"

在倪瓒看来,郑思肖那无根的墨兰分明就是以泪当墨、长歌当哭写就的一段孤高悲情。如此执着恒定,如此抱芳守节,古今无双。